別説分手

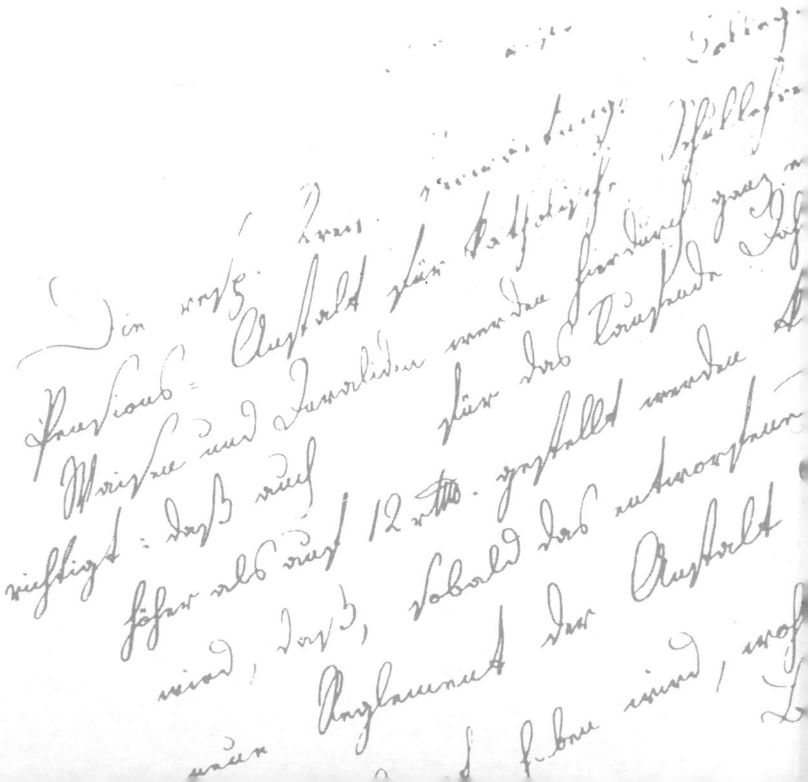

目次

序

暮光沉沉的隆冬早晨，刑警柯震帶著有些失魂落魄的晨曦，回到瑪莎山莊。當他們進門時，圍坐於客廳焦急等著消息的其他七個人，都關心的看向晨曦。

柯震：「我們在花園Villa溫泉會館附近的山頭找到她。當時，她坐在敞開的敞篷車裡，沒穿外套又穿著短裙和短衫，任由寒流吹拂，我再慢個幾步找到她，也許她就……」

柯震欲言又止，但大家都明白他的意思。晨曦的男友東日趨前，眉宇間，摻雜著擔憂與憤怒的複雜情緒。他伸手要摟住她的肩，她凍僵的身子卻微微向後一縮抗拒，柯震詫異的看著他們倆。

客廳總共有四對情侶和幾名刑警，場面一片鴉雀無聲。許久，柯震才開口問：「現在請告訴我，你們聚集在瑪莎山莊做什麼？瑪莎夫人……又怎麼會死在山莊的塔樓裡？」

四對情侶面色倉皇的偷偷瞟視每個人一眼，不發一語。

三天前，他們來到瑪莎山莊後，彼此交換伴侶的回憶，開始一一湧現……

1 東日與晨曦

開車的張東日把手覆在晨曦的手上，問：「會冷嗎？」

黎晨曦眉頭一緊，冰冷的手刻意以拉上衣為由縮了回去，看著車窗外越來越接近深山核心的針葉林，層層疊疊直搖而上，心情也跟著水光山色飛揚了起來。

「妳看起來似乎很期待這次的旅行？」

「哪有？」對他的關心她只想隨口打發，連忙轉移話題：「真的越來越冷。」

「誰叫妳要穿那麼短的裙子？」東日板起臉，不悅的瞟了一眼她裸露在外的雪白大腿，但今天她已經算節制，一件高領毛茸茸的短袖針織衫把她傲人的上半身包得緊緊的。

東日嗤得笑說：「這裙子款式像高中生，妳都已經不是少女了還穿這樣？」尖銳的喉頭在他脖子上下蠕動，緊咬起單薄的下唇。

「你可不可以不要再對我的穿著打扮做評論？我不想再聽你的建議。」

「我是妳的男友，我不給妳建議，難道妳想去聽其他男人的建議？」

「至少其他人都會給個讚美，你從來都只有批評。」

「所以妳今天是為了其他男人而特意打扮的，為了給他們好印象嗎？」

晨曦委屈的看向他：「既然我每次的穿著打扮你都不喜歡，那麼你為什麼還想繼續和我交往？」

「我……」東日被問得語塞，眉目鎖緊，大手覆上她的緊握：「妳明知我從來不以貌取人，愛的是妳的人，又不是妳的美貌。而且我是因為擔心妳穿那麼短，到深山裡會很冷。」

晨曦無言苦笑，掙脫他的手後，目光移到窗外不再言語，車裡的溫度瞬間降得比車外還要冷冽。

濃霧從另一面山谷驀地飄了過來，遮擋了往前的道路，東日放慢車速，更加讓晨曦不耐煩。

「我們再不開快點，就要趕不上和瑪莎夫人約定的時間了。」

「妳又不是沒看到眼前的路況，不允許我們開得太快。」

「這點霧……」拜託兩字差點脫口而出：「遲到會給人不好的印象，況且這是團體活動，讓其他人等不好。」

「妳只是想讓那些男生留下好印象吧？」他酸回。

她不想正面回應他的話，只是焦躁的盯著緩慢向上爬的車速：「你若累了不如我來開？」

「不必，沒必要……」東日欲言又止，還輕蔑的瞟了她一眼。

沒必要？沒必要究竟是什麼意思？外加那眼神……

一股怒意又在晨曦的胸口悶燒，好似她急著去參加瑪莎夫人的情感諮詢計劃，是對他不忠實的罪，因為他從頭到尾都不想來。

此時，兩人收到一則瑪莎山莊傳來要進行第一次交換的訊息，晨曦即驚訝又期待的盯著畫面看。

2 爍雨與蜜雲

車來人往的休息站，一台紅色小客車自林蜜雲的身旁疾駛而過，白爍雨在濺起的水花噴在蜜雲身上前，一把將她拉向自己。

蜜雲抬眼環顧四周，耀眼的陽光灑滿整片山林，車子快速的在他們身旁來來往往，她低頭繼續滑手機，又不知不覺和爍雨越走越遠，直到一頭撞進他寬闊的懷裏。

「幹嘛突然停下來啦？」她吃痛的搗著額頭，生氣的瞪著他，咕噥著：「身體長得那麼硬幹嘛？痛死我了？」

他一臉責備：「妳看看周圍的情侶，妳能不能抬頭看一下別人？」

蜜雲左右張望，除了車子，還是車子：「四周哪有什麼情侶？你要我看什麼啦？」

「為什麼每次和我出門，眼睛還是一直盯著手機？」爍雨嘆了口氣：「跟我在一起很無聊嗎？」

「我又沒說無聊，幹嘛莫名其妙那麼想？」

「妳沒說，但妳的表現就是給人那樣的感覺啊。」爍雨有些歇斯底里。

蜜雲翻白眼：「你是又想吵架嗎？明明就沒有什麼事……」

爍雨還是莫名的發火：「人家的女朋友都會依偎著或牽著男朋友的手走，妳卻從來什麼都不會做。」

蜜雲無辜地說：「重點這裡是大馬路，並行很危險好嗎？」

「妳也知道危險，剛剛……」爍雨肩膀頓時一垂，一臉寫著多說無益沒再說下去，乾脆擺擺手：「算了……」

「剛剛怎樣？」蜜雲煩悶的看著他身子一轉，寬闊的肩膀冷冷的背對著她自顧自的往前走，她怒道：「你又來了，每次莫名的對我發脾氣，然後又不肯說清楚就逃走。」她追向他。

兩人上了車離開休息站後，依然持續冷戰，場面比外頭深山的空氣還要森寒。蜜雲實在受不了這凝滯的空氣開口說：「你要不要說說看你剛剛在路上究竟發生了什麼事？」

爍雨冷淡的回答：「哪有發生什麼事？」

「沒發生什麼事為何你又要發那麼大的脾氣？」

「那是因為妳從來都搞不清重點。」

蜜雲忍住想大發雷霆的衝動：「好……那你說你的重點是什麼？」

「說了又如何？」爍雨拐彎抹角：「妳從來都我行我素不肯改，每次說了，最後就只會變成大吵不是嗎？」

蜜雲氣餒的低下頭，重嘆一氣：「這也是我們今天會來這裡參加瑪莎夫人感情諮詢的原因不是嗎？」

提於此事，爍雨頓時變得靜默，睇睨了一旁幾乎癱在副駕駛座的蜜雲一眼，她哀愁的表情顯得楚楚可憐，讓他想乾脆摟住她，說些安慰她的話，而不是一再的用言語傷害彼此。

「你說我們為何總是無法好好說話？」

爍雨嗤地苦笑說：「因為我從來就不懂妳心裏究竟在想什麼？」

「所以這才是你想來參加交換伴侶式諮詢的原因嗎？想要弄懂我？不是因為你想要找分手後的對象？」

「我不明白妳為何會那麼想？」

「因為我們已不知道第幾次分手了……我總覺得你之所以還沒走，是因為你還沒找到更好的。」蜜雲低頭摳著指甲。

「如果我急著想要找新的伴侶，妳不覺得那是因為妳的責任嗎？」

「厚！又來了！」蜜雲不敢置信的把頭轉向窗外，不想再看他。

這時，兩人收到一則瑪莎山莊傳來要進行第一次交換的訊息。

3 耀南與星怡

「還記得上禮拜六我去我姐的生日派對嗎？」開著車的夏耀南，按下通話結束後，就把話題轉向杜星怡最不想提的派對上。

「嗯，記得……」一路上他和朋友電話講個不停，她都快煩悶死了，現在好不容易能把注意力放在彼此身上，他竟又要談論她最敏感的話題！

她漫不經心的回他：「怎樣？」

但耀南卻沒聽出她不悅的情緒。

「我姐夫那暴發戶為了炒熱派對的氣氛討我姐開心，竟然開了一打每瓶上萬元的香檳拿來玩遊戲！」耀南回味無窮的搖頭：「真的瘋了……」他終於抽空瞟了星怡一眼，發現她的神情有些失落，便把手搭在她的腿上。

「妳那天真該一起去的啊，那裡有滿桌妳最愛吃的龍蝦和海鮮讓妳吃到飽耶～幹嘛每次都不去？」

星怡苦笑：「只是覺得那天剛好也是自己的生日，卻要去參加別人盛大的生日派對，心裡就是怪怪的。」

「就大家一起幫妳們慶祝啊，哪裡怪了？都是妳心理因素作祟，我們認識了三年，妳每年都沒去。」

星怡只是笑笑，低頭不語。

是啊，三年了！他卻不曾在她生日『當天』，為她留下來過。

「怎麼了？每次提到我姐生日，妳就不高興？」

「沒啊！」星怡故作淡定。

「因為妳都不一起去參加我姐的，所以我都有提前幫妳過生日，妳還不高興嗎？」

他又小心的瞟了她一眼：「那天也等於是我的家庭聚會，所以我很難不到場。」

「嗯。」星怡撥弄著頭髮，指腹插進頭皮揉著，很想快點結束這個話題：

「我只是……我……」她幾次努力想鼓起勇氣要解釋的委屈，又吞了下去，終於被耀南再次響起的手機給打斷。

「喂……寶哥啊！」耀南扯開嗓門講電話：「抱歉啦，今年真的無法和大哥們一起去海釣了……對……現在已經上山了……沒事哈哈哈……」

星怡把手搭在下巴上，望著窗外飛馳的樹林，速度，讓它們變得好模糊，模糊到只剩下深、淺、淡、墨的綠色。

不僅僅他姐的生日，他和同學討論碩士論文、聚餐、出國畢業旅行、海外短期就學計劃、新工作的聚餐、員工旅遊……他行程總是滿檔，但沒有一樣與她有關，雖然和他住在一起，兩人卻彷彿永遠並存於平行軌道上，不曾也不會再有交集。

又這麼聽他和哥們聊天的噪音，聽了好長一段路，收訊漸因深山變得不佳才斷線。耀南有些惋惜，寂靜終於讓他把專注力再次轉到星怡身上。

「那麼禮拜六那天，妳在家幹嘛？有出門嗎？」

星怡動也沒動，厭煩透這話題卻只是倒吸口氣後，把鬱悶再次化成微笑說：「在家等你啊，還能幹嘛？」

她的話很溫馨，她的笑容也甜如蜜，讓耀南也不覺跟著她暖暖的笑容一起笑了起來。

一直以來的疑問，又猛地浮上耀南心頭：如果她也如他愛她，那麼他們之間的問題究竟是什麼？為什麼她執意要一起來參加這個感情諮商計劃？而此項計劃的最終結局，參加的情侶不僅能直接分手，甚至於還可能與一同參加的其他人交換情侶作為結局，耀南死死的打了一個冷顫。

「也許我們現在退出還來得及……」耀南突然轉移話題，星怡疑惑的看向他。「妳真的認為我們之間的問題，有大到需要提分手的地步嗎？」

「有……吧……」星怡說得很掙扎……很猶豫……

「有？」他很震撼她回答的毫不猶豫，不解的眉頭都皺成一團：「哪個地方讓妳無法忍受到不想再繼續？」

「我覺得我們之間有些問題讓我很不安。」

「妳很不安？」耀南急問：「來之前妳為什麼從來都沒跟我提過？」

「有……」她無辜的反駁，但又如往常欲言又止。

「什麼時候？」

「好幾次了，但不記得什麼時候了？你一直都很忙，每天回家也都已經很晚很累，所以……每次跟你說完我不安的事，第二天你一覺醒來，我說的煩惱，好像又被你拋到九霄雲外去了。」

「喔！」耀南一愣，轉瞬嚴肅的說：「那妳現在再告訴我，什麼讓妳不安？」

「嗯……我……也許經過瑪莎夫人專業的諮詢後，我的不安和我們之間的問題就能解決了吧？」

「我們的問題？哪有什麼問題？」

他們幾乎不曾吵過架，而她的不安，其實還包含一個她多年前……一直難以啟齒的秘密，她真的不知如何告訴他。

「還是妳其實是想來這項計劃中，物色其他男人？」

她臉倏地變紅，尷尬問：「為什麼你會那麼認為？」難道她有什麼舉動讓他產生那樣的錯覺？

「妳看起來心情挺好的。」

「才沒有好嗎？」星怡覺得好無力，他似乎永遠都無法正確接收她的情緒，她一整天的心情，其實低落到不行。

就在這個時候，兩人同時收到一則瑪莎山莊傳來要進行第一次交換的訊息。

4 明道與月涵

「月涵，妳躲在便利商店的後院幹嘛？妳等會兒被人家誣賴成小偷怎麼辦？」沈明道上完廁所買完飲料，在車上等邵月涵等半天都不見人影，開始察覺不對勁又走回店裡找人。

他向前想拉起她，她卻一動也不動的蹲在垃圾桶旁抽菸，明道才發現她全身都在微微顫抖。

「怎麼啦？早上妳不是才對這趟旅行顯得很興奮、很期待，怎麼現在又這樣鬱鬱寡歡了起來？」

「我發現我可能真的辦不到……」她顫著手吸了口菸：「我以為我可以……這次我一定可以鼓起勇氣，面對一群陌生人……說出我因為得了憂鬱症，大學中輟、工作也弄丟了……一堆失敗的蠢事。」

說到此，她急著想再吸一口，卻因為過於激動，顫抖的手連菸都因此掉落於地，她難過的看著菸頭通紅的火慢慢熄滅，眼淚開始滴滴答答的落在泥巴地上，暈出好幾個黑點圈圈。

明道跟著她蹲下來，摟著她的肩膀：「其實妳都不要提，也不會有人看得出妳得了憂鬱症。」不只是她怕別人知道，他也不希望別人因為他的女友得了憂鬱症，而產生異樣的眼光。

「真的嗎？那……那我要怎麼介紹自己？」她咬起手指代替菸，憂鬱症幾乎讓她自大學後的生活，變得一團混亂，雖然有打過幾份工，但感覺仍很不真實，彷彿不曾活著，她只是冷眼在旁看著生活的自己。

「把憂鬱症拿掉，其他照實介紹就好。」

「可是一個沒有正職工作的人，別說魅力了，甚至顯得一點用處也沒有，他們會用什麼眼光看我？會不會也認為我是好吃懶做的廢物？光想到那些質疑而來的眼光，我就……」

眼淚又汩汩而下。

「可是我知道妳得了憂鬱症後，也從來沒如妳說的那樣質疑過妳不是嗎？」

「那是因為你善良且了解我，但不是所有人都那麼了解我和善良的。」明道想說什麼，話卻又哽在咽喉。她整顆頭，埋進他的懷裏，他既不捨又無力的撫著她的頭，腦袋開始思考該怎麼安慰她好讓她冷靜下來？

「妳可以說，妳正一邊打工、一邊寫作，畢竟成為作家才是妳的夢想，對吧？大多數的人，聽到妳正在為夢想而犧牲努力時，都會顯現出諒解與崇拜的目光。」

「真的嗎？」月涵淚眼婆娑的抬眼睨著他，用手擦掉滿臉的淚與鼻涕：「真的有人會對我露出崇拜的眼神嗎？」

「當然。月涵，妳答應過我，這一次，妳一定要走出來面對陌生人，所以我們才來的，對不對？」

月涵點頭，漸漸展露笑容地說：「好！這次，我一定要治好我的憂鬱症，我一定要勇敢的面對自己，我們走吧。」

語畢，她就起身，不待明道反應，她已自顧自的拉開超商的紗門走了進去，裡面傳來店員的詢問：「小姐，請問妳跑到裡面有什麼事嗎？那裡是禁止進入的。」

原本以為月涵會不知所措，明道加快腳步推開紗門走出去想幫忙解釋時，月涵卻敏捷的回答店員：「對不起，我和男友以為廁所在裡面，所以才誤闖了進去。」

明道詫異的看著心情又變得雀躍的月涵，燦爛的笑容在她臉上綻放時，連陽光都比不上她耀眼。她拉著他，快速的離開了便利商店。

坐上車，跟著森林的冷風往前行時，他卻感到一股莫名的疲累而變得安靜，月涵這次旅程目的是要找到自己面對他人的勇氣，那麼他呢？

除了陪她來，難道……他就沒有其它的目的了嗎？

現在，她的微笑還沒退，愉快的看著窗外山巒的美景，等會，烏雲會不會又再次密佈，遮住那張笑臉？

一則瑪莎山莊傳來要進行第一次交換的訊息，同時傳送給倆人。

5 第一則交換訊息後……

晨曦點開瑪莎夫人傳的訊息看時，眼睛瞠得老大，還吃驚的哇了一聲～開車的東日沒空看訊息，好奇的問：「怎麼了？」

「等一下到達瑪莎山莊後，馬上就要進行第一次交換！」

「交換？怎麼個換法？」

「我住進E1木屋，你呢？」她拉長脖子看著他閃著燈的手機。

東日把平常不會交給她看的手機，放進她伸來的手上，晨曦迫不及待滑開螢幕，點開的訊息跳出他的木屋是A1，顯見他們今晚真的得各自住進不同的小木屋，而且還是和陌生的異性。

晨曦曖昧的笑：「瑪莎夫人還規定和今晚共度的伴侶只能公開彼此的姓名，其餘的要保密，也許是想保留神秘感，好像人性大考驗！」

東日哧得一聲：「應該說是忠誠度大考驗吧。」

「和完全不認識的陌生人，有可能發生什麼不忠的事嗎？」

「哼哼……很難說……」他忙不停迭的連續轉彎，還不忘瞟她一眼。她不但神采奕奕，居然已拿出鏡子開始補妝，眼影用得是比之前還要亮麗的桃紅色，唇也重新刷上新款的色號，看得他很不是滋味。

今天一大早和他出門時，那支新的口紅她連拆都捨不得拆，現在卻毫不猶豫的拆了塗上，究竟是什麼意思？

晨曦迫不及待嬌媚的說：「不知道會遇到怎樣的人？」

東日心裡忐忑不安，直覺來這裡果然是錯誤的選擇，他悶不作聲的一直往前開。

＊＊＊＊＊

爍雨瞟了一眼正在看訊息的蜜雲，她的表情從一貫的冷淡，變得好震驚。

「怎麼了？」

「我收到瑪莎夫人傳來的訊息……」

前方彎處正好有個觀景平台，爍雨急忙的彎進平台停車，也拿出手機看訊息。

「你也太好笑了吧，幹嘛為了看訊息而特意停車？」

「不然這是山路，要出車禍嗎？」

「不是，你可以叫我把訊息內容說給你聽不就好了，有必要還隆重的停下車看？」

爍雨完全沒有抬頭的說：「沒錯，因為我就是很重視才這樣。」

蜜雲不屑的嗤了一聲。

「瑪莎夫人居然第一天就要求我們和交換的人同居！」他抬起的眼炙熱無比。她的房號是A1，他的則是C1。

「剛好合你的意不是？吵著分手，然後馬上就可以牽著另一個女人的手回家，難怪你說什麼都要來參加。」

「我們一直這樣分分合合，最後卻還是分不掉，乾脆長痛不如短痛來這裡做個了斷，和能不能交到新女友沒有關係。」

蜜雲不信的瞪著他：「但是你的表情和你說的可不一樣。」

＊＊＊＊＊

「哦！你猜怎麼了？」星怡幾乎從副駕椅上跳起。

耀南顯得有些緊張也有些興奮：「什麼事那麼激動？」

她把訊息內容告訴耀南，他住的木屋是E1，星怡的則是G1。

星怡掩著久久無法合上的嘴：「沒想到一開場就這麼刺激！」

「其實也還好啦，第一次見面……也不太可能會做什麼，不是嗎？」

「嗯……也是……光要認識彼此應該就夠尷尬了。」

耀南有些虛偽地笑：「平常心就好。」

但星怡還是一顆心懸在半空，因為耀南很容易和陌生人打成一片。

「妳看起來很像很擔心？」

「所以……你都不擔心你的女朋友被人拐走囉？」

耀南撇撇嘴後倒吸一口氣，怎麼可能不擔心？

＊＊＊＊＊

「我問妳……」看完瑪莎夫人訊息的明道，瞄了一眼月涵，小心翼翼的問她：「如果去到瑪莎山莊後，我們得分開住，妳……可以嗎？」

他的房號是G1，月涵的則是C1。

「為什麼要分開住？」

「應該是這項計劃的一部分。」

月涵像突然熄滅的光，解開安全帶後，慢慢的往後座爬去，鑽進置於後座的毛毯裡，明道詫異的從後照鏡看著她。

「這麼一來，我們什麼也瞞不住了。」聲音自她連頭都悶住的毛毯裡傳出。

「也才一晚……」

她的頭還是沒有伸出。

「其實現在到瑪莎山莊也差不多要吃晚餐了，吃完晚餐洗個澡，妳就說妳累了，趕快上床睡覺，一個晚上不就過去了。」

「哪有人來參加這種像聯誼的交友活動，卻早早睡了？那樣對對方不是很沒有禮貌？」她的沮喪連空氣都為之凍結：「總之……我很快就會變成大家眼中的怪人。」

「月涵……」明道語重心長的說：「妳若真的成功度過了今晚，就等於妳終於跨出一大步了。」

停頓了好一會兒，她仍沒有伸出毛毯的打算。就在明道準備死心要打給瑪莎夫人商量月涵狀況時，月涵露出的一顆頭突然伸向駕駛座，兩顆偌大的眼睛瞪著他，讓明道著實嚇了一大跳！

「幹嘛這樣看我？演恐怖片喔？」

「你對今晚交換情侶的約會，很期待……是嗎？」

「嗯……因為我覺得挺有趣的。」明道有些筋疲力盡，不想再顧慮她的感受，就直接給她肯定的回答。

月涵聽完答案，默默的縮回毛毯中。

許久，明道才打破沉默：「妳需要我和瑪莎夫人談談嗎？」

「不用了……我不想打斷你今晚約會的興致……」

明道有點無言以對，他不想再對她說謊，不想再為了她，總是得隱藏自己心中的感覺和情緒，兩人陷入一片沉重的死寂。

＊＊＊＊＊

八人的手機又同時收到一則瑪莎夫人的視訊。視訊中，瑪莎夫人披著一條羊毛披肩，裡面一襲淡藍色洋裝，慵懶的坐在一個典雅華麗的貴妃椅上，前方放著豐富的下午茶點。

她雖年逾60，但卻仍風韻猶存，一頭銀髮整齊的梳成包頭，優雅散發著高貴的氣質，只是矇矓的雙眼，已閃爍著退化的淺灰色，對著鏡頭說：

『大家好，我是瑪莎，歡迎各位即將到訪我的山莊。希望這趟特意安排的5天行程，能讓在感情路上，不斷分分合合三次以上的各位，獲益良多，並從這次旅程的體驗中，找到你自己想要的結果。到達山莊後的行程安排都是有目的且特別計劃的，請勿隨意更動。若有任何問題，隨時都可線上向我諮詢。

相信各位在決定參加這趟旅程前，彼此都已經過漫長的深思熟慮，和互相討論才一起下的決定。今晚第一次交換行程的主要任務，是暫時放手讓彼此的伴侶去冒險探索吧。最後，感謝各位的參與，祝晚上愉快……』

放手！

難道……我真的把他／她逼得很緊？

大家和伴侶一陣面面相覷，心裏都問著同樣的問題。

6 明道．月涵．爍雨

明道與月涵是第一組到達的情侶。明道沒敢在路上的風景區多逗留，他想要趕在今晚和月涵同住的人到達前，先抵達山莊，讓月涵有緩衝熟悉環境的時間，以降低她的焦慮。

巍峨的山莊像活的建物，抵達時不待他們呼喚管理員，鐵柵門已自動為他們向兩邊敞開。車子一開進去，一座歐式的秘密花園，屹立在高聳的山巒下好不幽美靜謐。

「這裡好像深山裡的仙境……」美景似乎已把一整天纏著月涵的陰霾一掃而空。

四棟兩層樓木屋零星座落在瑪莎山莊的後方，木屋中央，圍繞了一棟百坪別墅，別墅造型摩登現代感十足，卻又不至於和周遭古典式花園格格不入。

明道抬眼望著月涵今晚要入住的木屋，並幫她把行李拖進屋子，鑰匙碼已傳到每個人的手機裡，一掃就可以進去自己的房間。

明道進木屋後就吁了一口氣：「原來是兩層樓的木屋。」壓力瞬間減少了一半：「我去樓上看看。」月涵目光空洞的對他點點頭，好像她的神完全沒跟上。

木屋上下樓各有一間房和一間衛浴；一樓還設有客廳和廚房。明道站在二樓走廊，探頭對樓下的月涵說：「怎麼不進來熟悉一下環境？別擔心……我就住在妳隔壁而已。」

月涵聽出他話語中有興奮和迫不及待，把她安頓好後，他就能把她這個包袱丟給別人了。

明道走下樓後好奇的打開冰箱，裡面已備滿了食物，看來，晚餐得和同住的人下廚，這也是另一種不錯的體驗，能快速和對方熟悉的方法。

他一回頭，月涵就狠狠的撞進他的胸膛，將整顆頭深埋進他的懷裡。

「過了今晚，你會不會就是別人的了？」

他感到胸襟濕濡了起來，她的淚滴落在他懷裡。

「月涵……妳當我工作場所中，除了妳，都遇不到其他的女人了嗎？我是不是每天一樣上下班回家？」他抬起她哭花的臉蛋：「我們認識幾年了？妳認為我是那種見一個愛一個的花心大蘿蔔嗎？」

「也許今晚，你遇到的，就是能讓你心動的女人……」

「說不定，今晚妳也會遇到那個可以改變妳一生的男人。」

月涵心一凜：「你這麼說……好像我們不是來這裡解決問題的，而是來這裡準備分手的。」

「月涵……」明道慚愧的低下頭，沉思猶豫了許久，才凝重地說：「我一直認為……如果，妳的不快樂是我造成的，或者是……我們兩個人在一起，讓妳覺得未來一點希望也沒有，那麼是不是我離開妳，妳就會變得更好？」

她吃驚的向後退開他。

「妳真的都不曾想過這些問題嗎？妳的不快樂，是因為跟我在一起嗎？」

她搖頭想回答他不是，但覺得思緒好亂。

此時，從門外傳來其他人的聲音，明道轉身時，就見到身形高大健碩的爍雨，他正拖著行李，站在木屋門口向內探看。

親眼看到今晚要和女友一起度過的男人，明道脖子瞬間感到一股灼熱，他尷尬無比，還覺得有些無地自容，只好努力的擠出笑容：「不好意思，我進來……幫她放行李……」

「喔，沒事沒事，你好，我叫白爍雨。」

「你好，我是沈明道，她是邵月涵。」

三個人好不尷尬的楞在原地。

爍雨打破沉默：「我以為瑪莎夫人並不希望我們見面，除了同住的人……」

「喔是嗎？」明道有些抱歉打破了規則，才領悟到對方已經在送客了，連忙說：「那麼今晚……今晚就有勞你照顧月涵了……那我先走了。」

明道看向月涵，她雙手抱胸僵化在原地，原本驚惶失措的蒼白臉色，在見到爍雨的瞬間，竟有了淡淡的笑容！明道走出大門前，看到她已親切的向爍雨點了個頭，並對他說：「您好～」

明道有點走在五里迷霧中？

莫非是他想太多了？以為月涵見到陌生男子進門時，會驚慌失措到倒在他懷中，吵著說要跟他離開，但剛剛月涵見到爍雨時的反應，與他擔心的根本相反，讓他覺得自己好像傻瓜。

送走明道後，爍雨拖著行李走到一樓房門口，房間有四坪大，陳設和一般飯店一樣，原木沉隱的芳香叫人舒適，他目光最後落在中間擺放的一張雙人床上。

「不好意思，因為我比較沒有安全感，所以就自行決定住到二樓房間了。」月涵突然在他背後說話，緊扣的十指隱藏在袖子裡。

「啊！原來二樓還有房間啊？」他有些鬆了口氣，轉身向她展露了一抹微笑。

「你……是不是原本也認為只有一間房？」月涵喏喏的問。

「對啊！那樣對我們男生還好，但妳們女生……應該是比較吃虧，哈哈……」

她楞楞地看著他的笑容，身邊從未出現過這樣高大俊美的男生，連笑容都親切的叫人著了迷！她沒因那笑容而放鬆自己，反而更加心煩意亂不知所措了起來。

7 明道・星怡・耀南

明道走到他G1的木屋前，遠遠的，看到今晚要與他交換伴侶的耀南與星怡，兩人站在未熄火的車子前談話。

星怡傾身問車子裡的耀南：「你不想進去看一下……或什麼的嗎？」

「裡面的設備應該每棟都一樣吧。」

但星怡還是期盼的盯著他，希望他起碼表現得一副依依不捨的模樣，她心裏會好過一點。

「瑪莎夫人似乎不希望另一半干涉今晚彼此的約會，妳記得嗎？」

「是啊，她要我們對彼此〝放手〞……」

她帶點哀怨的眼神，讓耀南無法說走就走，他只好問她：「還是妳希望我幫妳把行李搬進妳的房間？」

他終於下車，自她的手上接過行李，見他有些勉強，她只好硬著頭皮擠出笑容：「不然你幫我搬到門口就好。」

星怡已搞不清自己叫他那麼做的原因為何？如果他對自己女友今晚會和陌生男子一起住在怎樣的屋子裡，一點都不關心，還硬要他表現出虛假的情緒，那麼真的一點意義也沒有。

他似乎對她刻意的任性有著些微的惱怒，但他放下行李後星怡打開房門，耀南還是好奇在門口隨意的看了一眼。

「哇！感覺很不錯！妳的室友好像還沒來……」他的心情已轉好，調侃的問星怡：「會好奇他是怎樣的一個人嗎？」

「我對你的室友是怎樣的女生比較好奇……」星怡回答的有些醋意。

「兩位好……」明道已拖著行李來到了門口，兩人同時好奇的看向他。耀南吃了一驚：「啊喔！妳的室友來了……」他很快便進入狀況與明道打招呼：

「你好你好，我是夏耀南。」

「你……你好，我是沈明道。」想到自己就要和他的女友度過一晚，明道還是很不自在。

星怡越過耀南對明道說：「我是杜星怡，你好。」

不待明道回應，耀南看到一台車已停在他的E1木屋，他快步的走下台階，回頭匆忙的對他倆說：「那就不打擾你們了……」他話還未說完，人已鑽進車子，急著把車開到E1木屋的停車場。

星怡瞇著眼，站在耀南揚起的風塵裡自嘲苦笑：「哼！還真是迫不及待……」她突然轉而問明道：「你剛有幫你女友把行李送進屋子嗎？」

「嗯……有。雖然木屋裡應該是沒有什麼危險，但總覺得還是要進去看一下環境，比較放心。」

「喔～」星怡心好涼，羨慕無比：「好體貼喔，你女友一定很幸福……」

幸福？

月涵走不出憂鬱的臉龐驀地在明道腦中一閃而過，他們之間究竟出了什麼錯？別人口中的幸福，才會離他們這麼遙遠？

明道下沉的神情，讓星怡驚覺自己好像失言了，畢竟，如果覺得幸福的情侶，今天就不會來參加瑪莎夫人的分手旅程了不是？

就在星怡要走進屋子裡時，隔壁傳來耀南叫住正忙著把行李搬進E1的晨曦：「妳的行李很重吧？要我幫妳拿進去房間嗎？」

晨曦笑容滿面、雀躍無比的以娃娃音說：「喔！好啊，那就麻煩你了，因為它真的很重喲～」

星怡只覺得一陣雞皮疙瘩都掉了一地，再加上冷冷的晚風吹來，她使勁吃奶的氣力把行李拖進屋裡，身子冷得不斷打哆嗦，心更冷，但事已至此，乾脆眼不見為淨的趕忙關上門，卻從客廳的落地窗，看到站在E1木屋不遠處的東日。

東日雙手插於口袋，怒視著夏耀南，正殷勤忙碌的準備與他的女友同居，憤怒漲滿他的腦子，剛剛他們抵達瑪莎山莊時，晨曦直接把他當空氣後大吵的情景一直揮之不去……

8 耀南・晨曦・東日

「我幫妳把行李搬進屋子裡。」東日停好車後，溫柔的對晨曦說。

晨曦不耐煩的嘖了一聲：「不必啦，你也快點去你的木屋做準備，我自己處理就好。」

話音剛落她已下車，先跑到木屋前掃碼開門，繞到後車廂後就急迫的敲著車頂蓋要他打開門。

東日打開後車廂後也步出車外，冷冷的撞開她，自顧自的幫她拿起行李向眼前的E1木屋走去。

晨曦一愣！

「他到底想幹嘛？」手上沉重的行李箱一時鬆脫往她的腳砸下，她痛得慘叫一聲，氣得索性丟下行李跟著進木屋。

她在一樓找不著東日，樓上此時傳來皮鞋輕踏的腳步聲。她爬上樓梯，迎面而來的，竟是一個花團錦簇的小花園，那讓晨曦的怒意頓時略減了太半。花園陽台旁，還有一間由玻璃窗隔起的健身房，好似特意為她量身打造的完美組合。

東日如鬼魅般在她身後，慢條斯理的調侃說：「沒想到還有妳最喜歡的健身房？」他越過她時，刻意重重的撞了她的肩，晨曦吃痛的眉頭一鎖。

東日走到仰臥起坐的器具旁，雙手插於褲袋，吸了口氣：「我幾乎可以看到妳穿韻律服躺在這裡，任由妳今晚的伴侶以教導為名，對妳上下其手的畫面。」

「張東日，你再下流一點——」她感到血壓都已漲到喉頭，快淹沒她的理智：「說夠了就快點離開好嗎？不要讓別人看笑話。」

「笑話？」東日無動於衷的悶哼一聲：「妳懂得節制一點就不會鬧笑話。」

「我究竟是做了什麼？」晨曦簡直是無言以對：「參加這趟旅程也是你欣

然答應的，旅程內容有什麼你也都知道，現在放什麼馬後炮？」

「我指的不是現在，是自從妳答應和我交往後的各種行為舉止，妳似乎從來就不在乎我的感受。」

「我的什麼行為舉止？」晨曦簡直是不敢相信他的指控，和他交往三年，她身邊的男性友人也陸陸續續的一個個遠離她，即使沒斷交的也不敢再與她聯絡，就因為他們都知道她交了一個愛吃醋的男友，不想成為破壞他們的兇手。

「妳自己心知肚明妳都做了什麼。」

「我做了什麼？」晨曦欲哭無淚：「在這個健身房的下流畫面全是你自己想像出來的，然後再拿它當藉口找我出氣？」

東日啞口無言，晨曦卻覺得無力的癱靠在牆壁：「東日，三年來我從來就沒有對不起你，所以今晚真的夠了，你最好給我適可而止，不然我們無需再待5天解決什麼該不該分手的狗屁問題。」

他們怒不可遏的瞪視著彼此，好一會，晨曦再也受不了的說：「求你離開好嗎？你的女伴，應該也在你的木屋等你了。」

東日終於悻悻然的轉身走下樓，在晨曦眼眶中打轉的眼淚，終於掉了下來。

樓下傳來東日走出E1的聲音後，晨曦連忙打起精神站起，往一樓走去，她的行李，全部被東日給丟在屋外走廊，她咬緊牙關自己把它們拖進屋時，挺拔剛毅的耀南，不知打哪冒出，彬彬有禮的問她：「妳的行李很重吧？要我幫妳拿進房間嗎？今晚，我也住這裡……」

親切的耀南，讓晨曦原本懊喪的臉立即變得笑容滿面，以雀躍無比的娃娃音說：「喔！真的嗎？那就麻煩你了，因為它真的很重喲~你好，我是黎晨曦。」她充滿稚氣的向他伸出細嫩的手，他握住它熱情的說：「我是夏耀南。」

晨曦臉上的笑容，彷彿剛剛發生的事如一場無所謂的空氣彈，看得東日心好不悲涼，他攥著拳頭轉身，只能黯然地往自己的A1走去。

屋裡，晨曦問耀南：「你想睡一樓還是二樓？」

耀南驚訝：「啊！有兩間房？」

晨曦臉倏地發紅，往他肩頭輕輕一掌：「厚討厭啦，你那失望的表情是什麼意思？」

耀南滿眼甜蜜的看著眼前風情萬種、嬌媚無比的晨曦，老練的笑道：「失望……當然失望……畢竟難得和美女同居一室，呵呵呵……」

晨曦被他逗得不斷開心大笑，兩人自我介紹後，行李就被他們直接擱置於大門口，耀南興味盎然的跑到廚房東翻西找，晨曦像個小女人般好奇的跟了過去問：「在找什麼？」

「看看有沒有酒？」

「這麼早就想喝醉了嗎？」晨曦掩嘴笑得咯咯作響。

「怕不怕被我灌醉？」

「你真的很壞哦……」晨曦這次已笑得花枝亂顫：「我們認識不到一小時耶。」

「呵呵……沒啦，開玩笑的。只是今朝有酒今朝醉，人生就是要把握花前月下的美景。」

「哇！」晨曦誇張的拍手大叫：「沒想到耀南哥不但風趣，還會吟詩啊？」她微微的扯了扯胸口的衣領，嗲聲笑聲齊發：「笑得都熱了起來……」

耀南被她嫵媚動作給震住，痴迷的盯著被她不斷扯動、宏偉傲人的胸脯。

9 東日・蜜雲・爍雨

爍雨一開到瑪莎山莊的Ａ１木屋前，就自動自發的幫蜜雲把行李拿下車，一手一邊的幫她把行李扛進木屋裡，蜜雲才慢條斯理隨後進屋，因為剛剛才在路上因為她一直滑手機的問題大吵，所以她索性忍著不滑，靠在沙發椅背上，漠然的看著爍雨忙上忙下的搬她的行李上樓。

爍雨一下樓，就問她：「妳怎麼不四處看看，對自己今晚要過夜的地方不好奇嗎？」

蜜雲噘著櫻紅的唇，一副無趣的說：「飯店的設施不就都一樣，有什麼好看的？」

見她了無興趣，爍雨突然起了憐惜之心，拉起她的手問：「還是妳只想和我住？」

她甩開他的手：「還不是你吵著要來……害我得配合你，還得和陌生人一起睡。」

「要不是妳這麼難溝通，我又何必要求妳來這裡？」

「為什麼總是變成我難溝通我的錯？你就很好溝通嗎？」吵了一整天蜜雲覺得一顆頭都要炸開了，現在只要他離她遠一點，不論是要和陌生的阿伯睡還是和鬼睡，她都已經不在乎了。

她擺擺手，不耐煩的阻止還在碎唸不停的爍雨：「算了算了……我們都已經來到這裡了，就暫時別再吵了可以嗎？」

「也許今晚我們暫時分開……對我們也有好處……」爍雨也沮喪的低下了頭。

「嗯……我真的需要冷靜一下想我們之間的問題。」蜜雲覺得口乾舌燥難過得咳了起來，爍雨心急的連忙走到客廳，倒了一杯水，小快步的又走回她面前把水遞給她。

蜜雲大口大口的把那杯水一飲而盡：「天啊！我們剛剛是從沙漠來到這兒

嗎？我究竟是多久沒喝水了？」

爍雨又板起臉：「是妳自己每次都不喝水。」

「我哪有〞每次〝都不喝？」他總是誇大其詞。

「我每次水都拿到妳面前給妳喝了，妳就是不肯喝，光喝飲料對身體超不健康的，妳看妳的皮膚越來越乾……」

眼見爍雨又開始沒完沒了的啐唸，蜜雲的火氣又上身：「你別老是對我管東管西的行嗎？我不就喝杯水你也可以唸個沒完，想害我更焦慮嗎？」

「妳……」見她因為要離開他竟焦慮的口乾舌燥，爍雨緊張的摟住她：「還是我們跟瑪莎夫人取消？」

「你瘋了嗎？頭都已經洗下去了，而且現在太陽都快下山了。」

「所以妳現在又在怪我嗎？我來這裡是為了誰好？若不是因為妳……」

「又是我！」蜜雲翻白眼幾乎尖叫：「夠了！你快點回你的木屋去。」她搗著越來越痛的頭，眉頭蹙得都要變成永久紋了。

爍雨黯然的走出木屋時，眼角餘光看到東日在不遠的楓樹下抽著煙，紅紅的煙頭在冷風中一閃一亮，他剛剛本來就要進Ａ１的木屋，但走到門口就聽到爍雨和蜜雲吵得不可開交，索性走到樹下點根菸，伴著夕陽餘輝送走紛亂的今日。

東日看向走出木屋的爍雨，向他點了個頭，爍雨一愣，頓時明白他就是今晚要伴他女友過夜的男人後，肩膀不自主的縮了縮，連忙也跟東日點個頭回禮，便快步的往他該去的Ｃ１走去。

東日拖著行李走進木屋時，客廳已經不見人影，整棟雙層木屋，靜得宛如只有他自己。自冰箱拿出一瓶水果啤酒，坐到客廳獨自暢飲，不由得開始胡思亂想晨曦在Ｅ１和耀南互動的場景，氣得把啤酒甩在地上，驚人的爆裂聲把剛好走下樓的蜜雲嚇得頓住！

東日轉身，就見到楞在樓梯上的蜜雲。

「對不起對不起！」他自沙發上跳起並拾起地上的啤酒：「我以為妳在樓上，嚇到妳了，真的很抱歉……」

憤怒的氛圍未全散，蜜雲仍有些畏懼：「我是想說……下來看看晚餐要吃什麼？」

「喔……」盯著眼前陌生的女子，東日逼迫著自己從上一段情緒中抽離，他不想因為自己，破壞了這美好的夜晚。

「我剛看了一下冰箱，裡面好像有牛肉和火鍋湯底，要不，我們來煮火鍋？」東日已經啟動步伐往開放式的廚房走去。

「好啊。」蜜雲依然笑不出來，很不太自在的跟進廚房，生怯的問正在剪開火鍋包裝的東日：「你有下廚過嗎？」

板著臉的他，看起來好嚴肅、好難接近，蜜雲暗暗的嘆了口氣，心中又再次埋怨起爍雨，都是他害她陷入這樣尷尬又莫名其妙的處境，她只覺得想逃。

東日突然看向她，她嚇了一跳，因為她正端倪著他的側面陷入恍神，他們四目相交，蜜雲不知所措的臉倏得發紅。

「幹嘛這麼看著我？」東日靦腆的終於綻開了笑容，調侃道：「放心啦……我一定會煮出一鍋熱騰騰的火鍋讓我們安然度過今晚。」

笑容果然會拉近人與人的距離，蜜雲心情也頓時放鬆了些。「我不是質疑你的廚藝啦，我是想說……如果我們……我們兩個都這麼冷，今晚到底該怎麼交談才好？」

東日竟大笑了起來：「原來妳在擔心那個？」

「我可是擔心了一整路，因為我向來不擅長和陌生人相處……」她不好意思的撓著白嫩的臉頰。

「面對陌生人我是還好……」他瞄了她一眼：「妳若不太想聊天也不用太勉強，但還是要幫忙煮菜蛤……」

蜜雲被他逗笑，連忙捲起袖子問：「我現在需要做什麼？老實說，我除了泡過泡麵，從來沒下過廚。」

東日楞地看她一眼：「真的嗎？」

蜜雲不好意思的點頭：「是啊。」

「看來……妳一直被照顧的很好。」

蜜雲臉更紅了，驀地想起常常為她下廚的爍雨，老是把熱騰騰食物端到她面前，還擔心她不吃的模樣。

「那我只好辛苦一點教妳一些生存技巧了。對了，我叫東日，幫我把冰箱裡的高麗菜拿出來洗一洗吧。」他的命令，自然的宛如是她的父親或大哥，兩人反而輕鬆愉快的聊了起來。

「你食量大不大？」蜜雲好奇的問他，看他雖然瘦瘦的，但高挑的身子卻很結實。

「不大，但今晚，我不只要吃撐，還要吃到吐。」

「為什麼？心情很差嗎？」

「很差……超差……」

「你是那種會拿出槍對所有人掃射的人嗎？」

兩人笑聲傳出溫馨的木屋。

10 月涵VS爍雨 第一夜

妳的不快樂，是因為跟我在一起嗎？

明道離開前問月涵的話，一直迴盪在她腦海中揮之不去。

明道是不是厭倦生病的她了，才會提出那樣的話，好讓自己可以從這段感情抽離？

月涵獨自縮在二樓花園的地板上越想越害怕，背脊都因此弓起，將整個身子埋沒在懷裡。

「喂！妳還好嗎？」爍雨訝異的看著幾乎倒在地上的月涵。

「我男朋友不要我了……」她擦著停也停不住的淚：「他剛剛好像在跟我提分手，他不要我了……」

爍雨楞住，一時間不知該說什麼安慰她？畢竟他連她叫什麼名字都忘了？

啊！他想起她叫月涵。

「月涵……妳要打給他問清楚嗎？或找瑪莎夫人談談？」

月涵卻猛搖頭掙扎坐起，故作堅強的破涕為笑：「我沒事，我只要在這裡再吹點風就好。」

沒想到爍雨只在原地站不到一會，真的轉身不理她走了。

真的走了！他一走，月涵像潰堤了般，淚更是流個不停。

「我又把事情搞砸了，每件事都做不好，最後……每個人都會離開我……他一定覺得很倒楣遇到我這樣的女人。」她乾脆不顧一切的哭，哭得連天上的月亮都要流出血來了，直到一個燒著炙紅木炭的暖爐放到她面前。

她訝然抬頭，看著轉身又匆匆跑下樓的爍雨。

他想幹嘛？但冷得凍人的花園陽台，頓時有了溫度。

不久，她又聽到爍雨上樓的腳步聲，他端著一個大鐵盤，裡面盛滿了烤肉用食材。

「既然妳不想在樓下吃，那我們就邊烤肉，邊賞月好了。」他把鐵盤放到桌上後，轉身又想下樓拿餐盤，月涵不好意思的連忙起身說：「還要拿什麼？我下去拿。」

「好……」見她終於打起精神，他高興的展露一抹笑容：「餐具還有烤肉醬，流理台旁有個大籃子，妳可以用那個裝上來。」

月涵吸著鼻涕點頭，正要一溜煙的跑下樓時，爍雨又在她身後叫道：「一定要上來喔，不能又躲在樓下哭，那麼我會冷死在這裡。」

月涵噗哧的笑了出來，想起剛剛也是以上來放個東西為由，就再也沒下樓幫忙他整理晚餐，她愧疚的點頭。

下樓後，月涵先將臉梳洗了一下，鏡中的自己，看起來竟憔悴得嚇人，匆忙的還補了一點妝。今晚幸運的遇到百年難得一見的帥哥，竟給對方這麼不好的印象，自己果然是個天生的失敗者。

想於此，鼻子又酸，但她努力的把淚硬吞下肚，不能再哭了，不然在樓上等她的帥哥會冷死。

「起碼他今晚是屬於我一個人的不是？」這麼對著鏡中的自己打氣後，收拾了需要的餐具，便提著籃子走上樓，烤肉的香氣迎面撲來，連肚子都情不自禁的打起了鼓。她和明道在一起後，好像就不曾吃過烤肉，因為他說那是可怕的致癌物。

「好香喔～」她垂涎三尺地低頭看著在烤盤上噗滋噗滋作響的牛肉，驚嘆道：「你真厲害，上面還會切花紋，好像高級牛排。」

爍雨眼睛為之一亮：「真的看起來很高級嗎？」月涵肯定的猛點頭。

爍雨低著頭呢喃的感動說：「我從來就不曾從我女友那得到過任何讚美或感謝，不管我為她做了什麼。」迷漫的煙霧擋住了他部份的臉，月涵疑惑自己是否看到他眼眶泛淚？

爍雨夾了一塊牛肉要給她：「妳嚐嚐我刷過特製烤肉醬的肉。」

月涵本來想拿自己的盤子承接他的肉，沒想到他已把肉餵到她的嘴邊，她不好意思的張開口，還來不及感到羞赧，卻已被口裏化開的肉驚為天人！

「好好吃耶！感覺我的眼淚又要流下來了，但這次是感動的眼淚，一點都不傷心。」

爍雨豪氣的哈哈大笑了起來。為何同樣的食物，蜜雲吃過上百次了，都不曾出現過那樣感激心動的表情？高漲的心情又變得有些低落，不經意間，他看到月涵不小心露出的手腕上，爬著一條凸出的粉紅結痂，他心一緊，連忙掉開視線當作沒看到。

他重拾心情問她：「好吃的食物，是不是讓妳忘了剛剛在煩惱傷心什麼了對吧？」

月涵望著爍雨苦笑的點頭：「你真的可以開牛排館，一定會賺大錢。」

「妳是第一個這麼說的人！真的那麼好吃？」

「真的，我不隨便誇讚人的，醬是你剛調的？」

「對啊。」

他大口吃著牛肉差點沒咬到舌頭，烤好的明蝦從他盤子裡滑出，月涵瞬間用盤子接住了蝦，他對她敏捷的動作比了個讚，兩人不知不覺打鬧得好不開心。

「其實我有一陣子也常莫名就大哭。」

「啊！為什麼？」月涵驚訝的停住筷子：「不會吧？」

「為什麼不會？因為我是男生嗎？」

「呃……也算是吧，想像不出你哭的樣子，畢竟你看起來很強壯很陽光啊。」

「其實，前陣子……我被醫生診斷出有躁鬱症。」

月涵的筷子瞬間掉落於地，她慌慌張張的低下頭去撿，卻已被爍雨搶先撿了起來，遞給了她，兩人的頭幾乎要碰在了一起。

她沒有接，只是楞著望著他，原本已炒熱的輕鬆表情，再度矇上一層烏天暗地的陰影。

「你為什麼……」她欲言又止：「能把你有躁鬱症的事，輕鬆的就告訴別人？」

爍雨不解道：「為何不能說？那又不是什麼可恥的事。」

「但你不怕……別人知道後用異樣的眼光看你嗎？」

「妳會用異樣的眼光，看一個得了感冒的人嗎？」

「得了感冒？」她不解的偏著頭：「當然不會。」

「那就對啦。」

「但感冒和躁鬱症又不一樣。人們會覺得得了憂鬱症的人很沒用，然後開始抱怨你老是出錯……」

「憂鬱症也只是心得了感冒，應該沒有人因為誰得了感冒，就覺得他很沒有用吧？出錯倒是有可能啦，畢竟生病了嘛，但改過不就好了。」

月涵緊抿著嘴，有種被當頭重重的打了一拳的感覺。

他神色泰若的夾了一大塊肉放到她的盤子裡：「這塊我還沾了美奶滋，更香甜，吃吃看。」

月涵低著的頭，正在將淚水和著鮮美的牛肉，一口一口的慢慢咀嚼憂鬱症是種心靈感冒的美味。

在這之前，她一直認為憂鬱症是個把她生活吞噬殆盡的怪物，沒想到，竟有人認為它只是一場小感冒那麼輕鬆。

耳邊響起明道剛剛對她說的：說不定，今晚妳也會遇到那個可以改變妳一生的男人。

她偷偷地瞄了爍雨一眼，不斷竄上的煙，把他原本就夢幻的輪廓，襯托得更加迷濛幽美。

11 明道VS星怡 第一夜

星怡低頭嘆氣，連手機的螢幕都已經變黑了都不自知，她不斷想著耀南幫晨曦把行李搬進屋子裡的那幕，而她的卻如垃圾般被他隨意打發後就丟在門口。

一道酸楚哽在喉頭。

廚房傳來明道在忙的聲音，她才回神，轉頭看向他。

「天啊！我都沒發覺外面的天色竟這麼黑了。」星怡起身快步走向廚房幫忙時，看到他擱在走道的行李有些訝異，他的行李怎麼也還沒拿到房裡？該不會也和她一樣，一個人搬不動那些行李上樓？

「我是星怡……」星怡有些生怯的坐到廚房的吧台椅上，訝異的盯著流理台上被他切成一塊塊的水果，五顏六色的整齊劃一，連大小都幾近相同。

明道放下手邊的器具，微笑回應她：「妳好，我叫明道，要吃水果嗎？」

他將那盤玲瑯滿目的水果遞到她面前。

「你手腳真是俐落，把水果切得這麼漂亮。」

「哈哈……因為我也只會切水果，煮飯……就真的不行了。」

「呵呵……難怪你削了這麼多水果。」星怡瞬間明白他的意思：「煮飯沒問題，我來看看我們有什麼食物？」

「很多……有烏龍麵、有泡菜、一堆蔬菜和蝦子、還有牛肉……問題是牛肉怎麼搭烏龍麵和泡菜？」

星怡當機立斷說：「可以煮泡菜烏龍麵；啤酒和蝦子可以煮啤酒蝦；牛肉的話可以用煎的，再灑些紅酒和玫瑰鹽就很好吃了。」

「喔！聽起來好豐盛，果然人不可貌相。」

「喂~什麼意思？」

「沒有啦，因為妳看起來很時尚，不像是那種會經常下廚的女性。」

「其實我也真的不常下廚，下班回家都很累了，吃外食比較多。」

「所以……今晚我也不需要期盼太多的意思嗎？」

她立馬點頭：「沒錯，就像人生，期盼越多，失望越多。」

兩人一齊笑了起來。

星怡轉移話題問他：「你的行李怎麼還沒拿到房裡？」

「因為剛剛有問妳想要睡樓上還樓下，但妳大概在想事情沒聽到，所以一直沒回答我。」

「啊！真的嗎？你有問我啊？」

明道看著她點頭，她臉都紅了起來。

「不好意思……剛剛看到男友那樣迫不及待的想從我身邊離開，心情真的是一落千丈……」提到耀南，好不容易愉快的心情又沉了起來。

「他那樣一走了之的確很不尊重妳，起碼也該幫妳把行李搬進屋內。」

「他何止不尊重我……我永遠都不是他最重視的那個人，他可以為了任何人輕易就把我拋諸腦後，朋友、同事和他的家人。」她沒想到能把心裏的話，一個勁兒地對陌生的明道脫口而出，淚水還差點飆了出來。明道看著她泛紅的眼眶有些無措，他沒想到會戳中她的痛處感到抱歉。

「對不起，不該把情緒帶給你。」她連忙擠出笑容，她也不明白自己怎麼了？

「大家不都來這裡找答案的？」

她苦笑：「也是……」

他把每隻蝦子從蝦頭開始，十分仔細地剪開蝦頭殼和劃開肚子清洗，再剪斷牠長長的鬍鬚和腳，嚴謹的令她有些目不轉睛。

他突然打開話匣子：「妳和男友談過妳剛剛說的〞沒把妳擺第一〝的問題嗎？」

沒想到他懂！

「嗯，明示也暗示過，但沒有很明白的將感受直接說出口。」

「為何不說？直接跟他表明：我希望你留下來陪我，不要老是丟我一個人。那樣他才會明白妳需要他，妳們女生有時候會把事情放在心裏，但男人都呆若木雞搞不懂。」

星怡笑：「好像是真的……但以我男友的個性，即使我告訴他，他也只會覺得我無理取鬧，我不想吵架……只是，我真的感覺到自己無時無刻都在等他。」

「嗯……他為了別人，常常都有行程嗎？」

她斬釘截鐵回答：「常常，行程總是滿檔，但他的計劃中永遠都沒有我……」鼻子一酸，眼淚這次真的掉了下來，她連忙轉身說了句抱歉後，就快步的往洗手間走去。

明道看著她離開的背影，又看看流理台滿是準備到一半的食材再次不知所措，現在要從何開始？都怪他習慣幫月涵剖析心事，才會一直戳中星怡最敏感的話題。

一團混亂的流理台讓他又想起月涵，他不在她身邊，她是不是也亂糟糟不知道怎麼度過今晚？

12 耀南VS晨曦 第一夜

喝了點紅酒，晨曦修長的食指搭在細緻的下巴上，微抬著嬌媚的小臉蛋，問耀南：「今晚你有什麼計劃嗎？」

「以妳想做的事為主，妳想做什麼？」

「哦~你好體貼。」她雙眼都彎成了虹：「我想想我們可以做什麼？除了……」

「除了……」兩人會意大笑，晨曦臉倏地發紅，耀南舉起酒瓶倒入她的杯中，兩人有一搭沒一搭的打情罵俏，直到晨曦的肚子咕嚕嚕打起鼓來，耀南噗哧的笑了，沒想到遇到這麼可愛不做作的女孩。

晨曦故作羞澀地說：「肚子餓了嘛~冰箱裡有什麼吃的？」

「我去看看……」耀南起身走到廚房，晨曦則已有些醉意的仍坐在客廳，耀南從冰箱端出一個被鋁箔紙包得完整的食物，有些興奮的對她說：「有一隻烤鴨，好像再熱一下，就可以吃了。」

晨曦孩子氣的拍手歡呼：「太棒了！這樣我們就不需要下廚了。」

「但我們沒有主食……」

晨曦踮腳尖咚咚咚的跑到廚房東翻西找：「有麵條，切下一點鴨肉來煮鴨肉麵，等會烤好的鴨肉汁，再淋到麵裡一定很香。」

「看來今天的晚餐有著落了……」他吁了一口氣：「那我來洗高麗菜。」

她語帶責備調皮的打了一下他的手臂：「你怎麼一副如釋重負的感覺？」

「因為我覺得我們兩個應該都屬於那種不進廚房的人。」

她不好意思的捋了捋長髮：「呵呵……我的確不愛進廚房，因為我討厭油煙味。」

「嗯嗯，油煙不僅有害健康，也很傷女人的皮膚。」

她深情款款的睨著他沒說話。

耀南被她看得有些不好意思的問：「怎麼了嗎？我說錯了什麼嗎？」

「沒……」晨曦笑出了酒窩：「只是覺得……你真的懂我，而且……好體貼……我真的就是因為不想傷害皮膚才不下廚的。」

「是嗎？」耀南開懷大笑：「但我女友總是說我根本不懂她、對她一點也不體貼。」

「哦！」晨曦顯得十分驚訝：「她為什麼會那麼想？」

「那也是我一直不明白的地方……而且那問題竟嚴重到她想和我分手，所以我們才會來這裡。」

晨曦點頭表示明白，但她一點也不想明白他女友在想什麼，倒是聽到他們有嚴重的分歧而有些開心。

「妳呢？妳認為妳和妳男友之所以會來這找瑪莎夫人的主要原因是什麼？」

「他總是批評我……」她有點說不下去重重的嘆了口氣，把肩上長髮撂到後方，臉色變得好不嚴肅：「只要是我做的任何事，他總是批評，而且是那種叫人喘不過氣的批評。」

「他是個標準要求很高的人嗎？」

晨曦嗤得一笑：「不是，他只對我的要求很高，我穿什麼衣服、化什麼妝，從來也不曾合他的胃口，我真的覺得很累。」

「每件事都要迎合另一半的確很累人，應該要互相尊重對方的喜好才對。」

「是啊！我後來索性都不理會他喜不喜歡我的打扮，就隨心所欲以自己喜歡的模樣為主。」

「做自己，讚喔。」兩人一拍即合的擊掌，烤箱傳來噹得一聲，耀南轉身打開玻璃蓋，美味瞬間瀰漫的叫他們垂涎三尺，鍋子裏的麵也正好煮熟，白澄澄的被晨曦用夾子撈到盤子裡，她加了點麻油、醬油膏、刷一些薑泥入味，再淋上烤鴨肉汁攪拌，最後撒下蔥花。

「這道菜，無價！」耀南拿起筷子，已迫不及待的想品嚐，卻靈機一動問她：「想去樓上的花園陽台吃嗎，可以看星星喔？」

「是很浪漫……但外面好冷，不如我們吃完晚餐休息一下子，就去花園旁邊的健身房，邊運動邊看星星如何？」

耀南點頭覺得這點子更妙：「健身房也是玻璃屋，裡面還有暖氣，幹嘛去外面吹冷風。真聰明耶～」最主要的是，他賊賊的想，她在健身房裡，會不會換上清涼的韻律服？

「齁！」她嗲聲嗲氣的撒嬌：「你再一直讚美我，我說不定會愛上你喔……」

耀南乍然一笑，沒想到她不但漂亮，還很單純。

兩人愉快的用完餐後，耀南堅持洗碗，讓晨曦先回房好好休息或整理行李。晨曦窩心的走回二樓房間，期間還回頭看了兩次在廚房洗碗的耀南，和東日在一起那麼多年，他口口聲聲愛她，卻從來也不曾放下男人的自尊做過這些家事，雖然只是一些小舉動，卻叫人感動無比。

因為瑪莎夫人安排的行程計劃表中有提到健身設施，所以晨曦有特別準備韻律服。她傲人的身材被韻律服凸顯得一覽無遺，當她走進健身房時，都可以感受到耀南投到她身上的目光為之一亮。

耀南做出驚訝道：「沒想到妳還有帶韻律服過來！」雖然他早就預料到，但總得克制一下。

「這是我平常跑步時穿的。」

「穿這麼性感去跑步啊？」他突然開始想像星怡也穿著緊身的韻律服，和另一個陌生男人過夜的模樣，心情頓時有些沉重。

「這部機器……要怎麼使用……你知道嗎？」就在耀南恍神時，晨曦已好奇的坐在一台機器上，但因為搞不清狀況，正在胡亂摸索一通，扭動的身子差點沒跌下椅子，可愛的讓耀南忍不住笑了出來。

「這是臀推機。」他的視線，快速的從她堅挺的雙峰一路滑到小腹底下的深谷，直到發現她明亮的眸子也正毫不避諱地瞅著他看，才連忙轉開。

他清清喉嚨想擺脫尷尬，繼續說：「坐上去後，把這槓鈴拉下放到妳的小腹。」槓鈴拉下時，他觸碰到她溫暖結實的肚子，他竟有些不想收手。

「所以我得利用臀部的力量把它推上去嗎？」她的小蠻腰開始努力的將槓鈴往上頂，他才慢慢的退開，她才頂沒幾下就嬌喘不息，一上一下的動作更叫人無限的遐想。

他不能再如此盯著看著，趁還沒著火前，得趕忙尋找其它器材轉移目標，他才轉身，晨曦卻不想放過他又喚住他：「耀南哥，這也太累人了吧？是不是我的動作錯誤啊？」

他看向她，楞在想入非非的瞬間，連忙拉回神，用笑努力掩飾腹下的那股激奮：「應該是妳重量調得太重了，我幫妳換一個較輕的才不會受傷。」

他壓向她胸口，她熱熱的呼吸都已打在他的頭頂，才意識到自己幾乎已觸碰到那對傲人的尖峰，他轉頭，兩人一陣深情對看，星怡的臉在他腦海一閃而過，他恍然轉開視線把重量重新調整好，即快速起身。

「調好了，妳再試試……」

晨曦有些失望的說：「好。」

一個大男人因為她顯得靦腆笨拙雖覺得有些好笑，但他如果現在立刻對她下手，也會令她覺得不安，認為他是個來者不拒、隨便的花心大蘿蔔。

晨曦對著練舉重的耀南說：「耀南哥，你有看到天上的星星嗎？它們好漂亮……」

經晨曦這麼一提，他才把注意力從剛剛渾濁的遐想轉到星空，感慨的說：

「嗯真的好美……」

就跟妳一樣耀人……也和星怡的雙眼一樣……都很迷人……

13 東日VS蜜雲 第一夜

東日把蝦子丟進火鍋裡後，就目不轉睛的盯著蜜雲，蜜雲尷尬的笑問：「怎麼了？我臉上是沾到東西嗎？」

「沒，只是想……妳剛剛說妳不太喜歡和陌生人聊天，原來是真的，妳還真的一句話都不講。」

蜜雲苦笑：「因為生活背景都沒有交集，也不知道彼此的個性喜好，你不覺得那樣根本就找不到共同的話題嗎？」

「不會啊！其實我們是有共同的話題。」

「喔！譬如什麼？」

「妳剛剛和男友分開時不是大吵了一架？」東日一臉無奈的把碗放在桌上：「我也一樣……」再次提到晨曦，他感覺喉頭有根針在刺。

沒想到蜜雲也大大的嘆了口氣，當前的美食，頓時變得索然無味。

「妳覺得你們之間最大的問題是什麼？」

「無法溝通……」蜜雲雙眼空洞的看著桌面：「我們不管說什麼事，說到最後一定會吵起來。」

「你們曾經分手嗎？」

蜜雲嗤得笑出：「當然，因為吵得太兇，每次吵每次分，分到最後好像都已經麻木了。」

「那你們為何最後還是又在一起？」

「我們也不知道，每次都會有一方先聯絡一方，然後又自然而然黏在一起。也許是我們已經太習慣對方了，才會這樣像掉入無限輪迴的地獄，永遠得不到解脫。」

「地獄？」東日明白點點頭，神色驀地黯然：「那妳希望能徹底分乾淨嗎？」

蜜雲陷入一陣猶豫，最後語重心長的說：「當初會答應他來參加這奇怪的諮商，大概也是對我們之間的關係，抱著一絲能夠解救它的希望吧，畢竟，我們已經在一起快六年了，還沒上大學前就認識了。」

她轉而問他：「那麼……你和她呢？是什麼原因來這裡？」

「我感覺……」他陰暗的臉又飄上一片烏雲：「她其實從來也不曾愛過我……」

「為什麼那麼說？」

「我是去她美髮廳理髮時認識她的。」說到初次相遇，他的笑顏竟漸綻於臉頰：「第一次見到她時，立刻就感悟到她就是我人生的另一半，除了她，我應該不會再愛上別人了吧。」

蜜雲把下巴藏進她的衣領裡，有些感動的說：「聽起來是浪漫的相遇，像偶像劇。」

「當初我花了好多心血在追她，她才終於點頭和我在一起。但我覺得她和我交往期間常心不在焉，總是用一種騎驢找馬的心態在與我交往。」

「如果她是那樣的心態在對待你，那你又幹嘛要勉強自己繼續這段感情？」

東日重重的嘆了口氣，眼睛好像還泛起了淚光：「也許，我就是這段感情最大的問題，不肯放手。」

「所以……」她小心的盯著他：「你是想來這裡找到讓你放手的方法嗎？」

「也許是吧……」他痛苦的把頭仰向天，卻沒有哭：「若是我肯放手，那麼我們兩人都可以因此解脫了吧？」

啵得一聲，東日嚇了一跳看向蜜雲，她已打開紅酒的軟木塞，正幫他的酒杯倒滿。

「今晚就先別想那兩個煩人的傢伙，不如我們就大醉一場，明天醉的不省人事，狠狠給他睡上一整天，眼不見為淨，來，一人一瓶。」

東日拿起整瓶酒與她的相碰：「從沒見過喝酒這麼豪邁的女人，妳會不會酒後亂性啊？」

蜜雲的酒差點沒噴出口：「你希望我會嗎？人不輕狂枉少年嗎？」

「也許我們可以在這棟房子的每個角落瘋狂的滾床單，好讓瑪莎夫人把我們的情景告訴我們的另一半，我很想知道她會不會因此對我產生一點醋意？」

「說不定你毅然決然的轉頭就走，她失去你才明白你的重要，反而倒過來追你。」

東日點頭，猛地又灌了一大口酒後，調侃的說：「所以，我們等一下除了要在每個角落滾床單之外，還想做點什麼？」

蜜雲笑：「二樓陽台可看夜景。」

二樓陽台……

東日臉上的笑容驟然消失，四棟木屋離的並不遠，若上去那裡……他會在陽台看見什麼？

「我先去樓上抽菸。」

「什麼？」

東日已拿著紅酒竟二話不說就一溜煙往樓上衝去，留下一臉錯愕的蜜雲！

她看看吃得杯盤狼藉的客廳，又看看一走了之的室友，有些無言以對。

「難不成我要一個人清洗這些鍋碗瓢盆？」這些都是爍雨從來捨不得讓她獨自做的事。

站在漆黑陽台上眺望對面的東日，握在手中的酒瓶越攥越緊……

14 集合通知

第二天早上八點半，瑪莎夫人向每個人傳送了一封簡訊。蜜雲、東日、耀南和月涵都還賴在溫暖的被窩裡沒有醒來，其他人則已陸陸續續起床。

星怡穿著輕便的居家服走到客廳時，廚房的吧台上，竟已經擺了兩大盤早餐。

「你起得這麼早？我還想說起來做早餐呢。」昨晚的晚餐，也在心情極度低落的情況下勉強完成，有些對不起他。

明道看著走進廚房的她也說了聲早，沒想到穿著寬鬆運動服的她，即使沒化什麼妝，看起來還是那麼明亮有朝氣，心中不由得感慨：沒有憂鬱症的人，就是充滿陽光。

星怡訝異的看著吧台上的早餐，蛋被煎的四四方方、小黃瓜和紅蘿蔔也井井有條的長度幾乎一樣，她差點以為連玉米粒的大小他都經過精心挑選。

「好豐盛！在家也都是你在準備早餐的嗎？」她偷偷的瞄著他認真做飯的側臉，煞是別緻好看，再加上不高不壯的個子，讓他更顯秀氣。

「是啊。」他又想起月涵總是了無生氣的模樣。

「我想打一杯有泡沫的拿鐵，你要不要也來一杯？」

「好啊。」製作咖啡時，他發現手機裡有訊息，低頭點開。「瑪莎夫人要大家十一點集合，一起去超市買晚餐。」

星怡乍然停下打泡器：「大家一起去？」她也連忙低頭滑開手機看訊息：「我們倆和東日、蜜雲是同一台車，蜜雲是你的女友嗎？」

「不是，那麼東日呢？」他反問她。

「也不是。」

「看來瑪莎夫人就是想要把我們四對戀人，硬生拆開嗎？」

兩人竊竊的笑了起來，星怡繼續製作奶泡拿鐵。

＊＊＊

爍雨被廚房傳來的巨大聲響給驚醒，他懵懵懂懂的起身，走出房間往客廳走去，眼前的景象讓他愕然僵在原地！

月涵一手持鍋鏟一手持菜刀，像隻受到驚嚇的小兔子，焦慮的盯著地面，那裡像剛發生大爆炸，盤子和食材灑得滿地。

爍雨出聲問：「妳想做壽司當早餐嗎？」

就在月涵來不及反應時，手上的刀被以他迅雷不及掩耳的速度搶走，他感覺那種武器在她手上，就是叫人不安心。

「我是想做壽司……」她這時才回神：「但很抱歉……我好像什麼事都做不好，煮了一個早上的飯都煮不熟……又把煮好的蛋和小黃瓜給打翻了。」

她淚眼矇矓的看向爍雨：「難怪……難怪所有人都拒絕我，我相信，在這趟旅程的最後，我也會被明道給拋棄……」

爍雨若無其事的問她：「妳以前做過壽司嗎？」

月涵想了一下，才搖頭：「沒有。」

「那就對啦……妳又沒做過，怎麼可能第一次就成功？又不是天才。」爍雨捲起衣袖說：「來……我教妳怎麼做，壽司可沒妳想像中的容易好嗎，壽司師父也是經過千錘百鍊後才能當師父耶，開玩笑。」

他要笑不笑的滑稽表情，讓月涵身上拉緊的發條頓時放鬆，他拿著刀還開始耍起了寶逗她，月涵破涕為笑的盯著他流利的做菜手法，更訝異跟他相處短短不到幾個小時，卻是她人生中，笑得次數最多的時刻。

為何會這樣？

明道才是那個陪著她最久最了解她的人，但為何她還是那麼不快樂？是她貪得無厭要求太多了嗎？

手機傳來瑪莎夫人的簡訊，兩人低頭滑開看訊息。

「11點要集合！那我們的時間還很多，可以悠哉地慢慢吃早餐。」

「我和我男友不同車。」

爍雨呢喃道：「我們和耀南、晨曦同台車。那不就等於……還有半天，我才能和蜜雲見面？」

蜜雲是他女友嗎？

月涵低著頭的表情，顯得有些醋意。

＊＊＊

晨曦敲著耀南的房門，溫柔的喊著他的名字：「耀南哥，起床了沒？我早餐做好了喲～」

聽到敲門聲的耀南漸漸的甦醒，恍然想起自己身在何處，起身去打開房門，就見晨曦一身輕便的休閒服站在他門口。一大早，可是她臉上的妝可一點也不含糊，雖和昨晚性感的模樣截然不同，但居家裝扮看起來好賢慧又不失嫵媚。

「要吃早餐了嗎？還是我幫你拿到房裡？」

「還是我們到二樓花園吃，那裡挺漂亮的。」

晨曦嬌俏的點頭表示認同，紅潤的雙唇微微上揚，看得剛睡醒的他，有些意亂情迷的快無法克制。

「那我先梳洗一下……」耀南興致勃勃的掩上門，就快步的走到浴室刷牙洗臉。

這時兩人同時收到瑪莎夫人傳的訊息，低頭查看。

＊＊＊

蜜雲因為肚子餓得受不了，早上將近十點才勉強起床走到樓下廚房找東西吃。看著空空蕩蕩的流理台沒有她的早餐，竟有些煩悶，原來生活中一切大小事都要自己來，是多麼麻煩的事，尤其是三餐。

她光想現在要吃什麼就頭疼，開始懷念起爍雨。

打開冰箱，一堆食物，但都是生的，蛋要自己煎、菜要自己切、飯要自己煮……她翻來覆去找到了一塊麵包，拿起唯一現成的麵包親吻感謝上帝，這樣再配上一杯牛奶和黑咖啡，她已經很滿足，感覺自己參加的不是感情療癒計劃，是荒野求生記。

心情突然陷入沮喪，這樣她要如何離得開爍雨？難怪他們總是大吵，卻還是在一起。慢悠悠的倒了一杯牛奶想上二樓花園吃早餐，恍惚間，才發現東日坐在客廳，面色慘澹、一動也不動。

「早……早啊……」聽到蜜雲打招呼，東日槁木死灰的臉才看向她，勉強擠出了一道笑容：「早。」

「你吃早餐了嗎？」蜜雲雖然比較想上樓，但為了禮貌，還是坐到客廳的沙發上陪東日聊天。

「喔，我不餓……」

「你不會是整晚都沒進房睡，坐在這裡到天亮吧？」她盯著他極差的臉色。

東日苦笑：「幾乎是那樣沒錯……睡不著……」他把頭仰靠到椅背上，顯露出疲憊不堪的表情：「只要一閉上眼，就會看見他們在健身房……」

蜜雲了解他的心情，昨晚她忙完廚房後，跟著上樓想看星星時，正好也瞧見耀南和晨曦在健身房的那一幕。她也跟東日一樣僵在那兒，更害怕轉身，不小心看向爍雨木屋的方向，是不是也會看到叫她不該看的事情？

「等一下11點得集合去超市買東西，妳可能得快點吃完後去準備。」東日轉移話題。

＊＊＊＊

11點，精心打扮的八個人走出木屋後，第一件事就是目光搜索自己的戀人。

他們今早的神色如何？在沒有與自己相伴的夜晚，過得好不好？

大家匆匆一瞥後，便各自往指定的車走去，只有晨曦跑到東日的身邊，撒嬌地跟他打招呼：「昨晚過得好嗎？」

東日只是瞟了她一眼，答都不答就兀自的坐上了明道的車；明道也擔心的盯著月涵，意外她的氣色不但很好，穿著打扮也比往常講究了許多；蜜雲一出木屋立即和爍雨對上了眼，對黏在他身旁的月涵眉頭皺了一下，他竟還貼心的幫她開車門，蜜雲小小翻了白眼才坐上車，心裏ＯＳ是故意做給她看的嗎？

耀南和星怡禮貌地點頭打了個招呼，卻意外平靜的讓兩人鑽進車後，心裏都覺得發冷。

一上車後，大家立即又收到瑪莎夫人的任務簡訊，內容為：

今天中午大家各自和戀人在大賣場用餐。兩人討論一下，在昨晚冒險和其他異性過夜後，對另一半的想法是否有任何改變？

改變？

才一晚就改變了嗎？

15 明道VS月涵　午餐時光

明道特地為月涵選了一間有包廂的日式料理店獨處，他們一坐定，他就握住月涵的手，心切的問：「昨晚還好嗎？有沒有大爆發？」

他好久沒看到月涵這麼漂亮，怎麼才一個晚上，她就變得這麼多？

月涵把手縮了回去，臉上的光亮又暗淡了下去。她不明白為何一見到他，壓力又瞬間衝到肩頭上？是因為太在乎他，所以才會一直想努力表現得讓他滿意，才會有那種壓力嗎？

「你是擔心我被人發現有憂鬱症？還是擔心我過得不好？」她越來越感到混亂，現在，她還是像昨晚之前，那麼在乎他嗎？

明道懵了：「這兩種有什麼差別嗎？」

「當然有……」她欲言又止。

「妳過得不好，不就是因為妳有憂鬱症造成的嗎？」

「我倒覺得，是因為我過得不好，才會生憂鬱症這種病。以前我還認為，太過憂鬱是一種罪過，可是經過昨晚，我才領悟到，原來是我的心生病了……」她的眼神變得好嚴肅：「生病了也是一種過錯嗎？」

「不是……」明道被她問得傻住：「當然不是，從來就沒有人認為妳做錯什麼？」

月涵想反駁他，卻被他心急的岔開話題：「昨晚妳和爍雨聊了什麼？一起做了什麼事？」

提起爍雨，月涵愁容滿面的臉上，竟立刻有了笑容：「我們一起在二樓花園陽台上烤肉。」

明道很不是滋味的說：「原來昨晚空氣裡飄來陣陣的烤肉香，就是你們。」

「我們從來也不曾一起烤過肉，即使中秋節我苦苦哀求你烤一次，你也不肯。」

他重重的嘆了口氣：「妳明知我是為了我們的健康著想，才不吃的。」

「還有煙味，因為你討厭煙味沾在衣服上，所以才堅持不烤；你也不肯去海邊或河邊，因為你說水裏有水鬼會抓交替……」月涵了無生趣的睨著他說。

「所以妳對剛認識的陌生男人抱怨這些事？」

「沒有……我只是突然發現，你對很多事情總是有很多的禁忌，所以對很多事情不感興趣。結果因為你不喜歡做，我也不能做。」

「所以妳的重點是什麼？」

「也許就是你枯燥乏味，我才會對我的生活漸漸失去活力與熱忱得了憂鬱症。」

明道聽後又驚訝又氣憤，她怎能那樣以偏概全的下結論？

「明明就是妳自己把畢業論文搞砸了，又被公司給辭退，小說也只賣出一本後就無下文，一事無成的挫敗才使妳得了憂鬱症，妳不能反過來把錯全算到我頭上吧？」

每個指責都像往月涵心頭扎去的針，她無辜的眼眶泛淚：「昨天你要離開前不是也問我，是不是因為你的原因，我才會那麼不快樂的不是嗎？因為你那樣問，所以我才會開始找原因。」

明道站了起來，冷冷的怒視她：「才不是我問過妳才那麼想……是爍雨的關係吧？」月涵不解的睨著他，他憤怒哀傷的說：「因為他又高又帥妳迷上了他，現在才會開始找和我分手的藉口……對吧？」嫉妒已蒙蔽了他的理智。

「你……怎麼會那麼想？」月涵有些心虛的調開目光。

明道這時收到簡訊通知，他低頭查看，上面寫著：今晚你還想和昨天的女伴，再度過一夜嗎？請於一點半前回覆。

月涵看他臉色驟變，於是關心的問：「怎麼了嗎？」

他慌忙回她：「沒事……」

16 耀南VS星怡 午餐時光

耀南對星怡說：「昨晚天空的星星好漂亮，害我一直想起妳。」

星怡笑：「美女當前，你說的是真心話嗎？」想起他昨天急著離開她的模樣，心還是隱隱作痛。

耀南手按在胸膛：「句句屬實、絕無虛言……」

星怡責備的瞪了他一眼：「我看是一邊想著我，一邊摟著她吧？」

耀南心思被看得透徹，心虛的把自己套餐裡的唐揚雞夾到她的碗裡。

「昨天和妳的室友聊得怎樣？」

星怡回想了一下昨晚，明道是個謹小慎微的人，做每件事也一板一眼，和他似乎沒聊什麼，也沒度過什麼特別夜晚，晚餐更因為她情緒化而成了一場惡夢。但看著耀南雀躍愉快的笑眼，直覺他昨晚一定和晨曦度過了一個浪漫美麗的夜，她可不能輸他吧？

「明道是我見過最體貼細心的男人，他似乎能看穿人心，能馬上理解我說的話，也能了解我的感受，即使我沒說出口。」這倒是真的。

耀南不以為然的撇撇嘴：「他是萬磁王喔？有讀心術。」

「了解我心裡在想什麼，真的有那麼難嗎？還需要特異功能才辦得到？」

「真的挺難的，妳們女生就愛胡思亂想……」他拋球還她。

「不是我愛胡思亂想，是不是你覺得花心思了解我很麻煩？」她瞪著他。

「妳看妳還說沒有，現在不就又開始鑽牛角尖？」

星怡咬起下唇，把原本想說的話全吞了下去：「那你昨晚和你的室友相處的還愉快嗎？」

「她叫晨曦。」他臉上不自覺冒出幸福的微笑，刺得她眼睛都瞇了起來。

「我們都屬於外向的人挺聊得開的，我們昨晚吃完晚餐後一起在健身房看星星到凌晨一點半。」

星怡努力的將心裡五味雜陳的滋味全壓抑在指尖裡，指甲都因此陷進了肉裡。「你們很聰明，在健身房裡看星星又有暖氣可以吹。」

「對啊，昨晚冷死了，還可以順便健身。」

「健身？你帶著她健身嗎？」她期盼他說沒有，因為那代表他們身體上的接觸比單純聊天多得更多。

他依然沒看出她心裡壓抑的情緒，開心的回答：「是啊！教了她一些器材的使用方式。」

星怡的心情沉到谷底。

「你們沒有一起出去看星星？」

「嗯……有啊……」她有些支吾，他們用完晚餐後，幾乎就躲進房裡，好像也破壞了明道在木屋的興致，突然覺得很對不起他。

「因為太冷了，我們只在睡前跑出去花園陽台，看了不到十分鐘夜空就進去了。」星怡目光越過心情很好的耀南，落在他身後一幅仿製『吶喊』的畫作上。她也很想尖叫，但她沒有尖叫的理由，因為昨晚的約會是公平的，是她自己沒有好好把握，誰也不欠誰。

星怡回神時，他還神采飛揚的話說昨晚的那個她……

這時耀南收到簡訊通知，他低頭查看，上面寫著：今晚你還想和昨天的女伴，再度過一夜嗎？請於一點半前回覆。

他揉著額頭，苦惱的偷看了星怡一眼又鬼鬼祟祟的低下了頭。

17 爍雨VS蜜雲　午餐時光

「妳和那個男生……」爍雨一直記不起來和蜜雲過夜的傢伙叫什麼名字？

「他叫東日。」蜜雲一派輕鬆的說。

「嗯……」他沉默了一下，許久才又說：「我好像沒看到你們一起上去陽台，都在屋裡做什麼？」

「一男一女共處一室，還能做什麼？」她嗤的笑一聲：「我們在屋裡的每個角落滾床單。」這也是昨晚東日對她開的玩笑。

「這一點也不好笑。」爍雨乍然變色。

「本來就不好笑，但是你自己堅持要來的，既然來了，你就要接受可能的後果。」

「所以妳的意思是……」他愕然的拉長了脖子：「妳真的和那男人發生了

關係？」

「白爍雨——」換蜜雲臉色驟變：「你是第一天認識我嗎？我是那樣隨便的女人嗎？」

「不是啊……」他鬆了一口氣：「誰叫妳要那樣亂開玩笑，妳看不出我是很認真的嗎？妳每次都這樣，明明就在和妳說正經事，妳就在那裡開無聊的玩笑，然後我們就吵起來。」

「你自己也要分辨一下那是不是玩笑吧？你若沒有那樣的能力，不僅跟我說話會吵起來，跟別人聊天時難道就不會嗎？」

「我跟別人聊天就是不會，就像昨晚跟我同居的月涵，每次我在跟她說話時，她都會全神貫注的聽，才不會像妳老是一副不正經不把我當一回事。」

「我哪有不把你當一回事？都是你自己在庸人自擾，〝跟你同居的月涵〞，形容得真是曖昧啊～」

「我庸人自擾？」他索性繞開〝同居月涵〞的話題：「妳若有聽進我的話，妳會很多錯誤都不肯為了我改？」

蜜雲無言以對的翻白眼。

看她又不以為然，更加惱怒：「妳知道嗎？昨晚我烤牛肉給月涵吃，她吃了我特地為她調製的烤肉醬後，感動的無以名狀，還直誇我可以靠那一味致富了。」

「嘖！聽起來好虛偽，根本是客套話。」

「客套話又怎樣？妳從來就沒為我替妳做的事感動過，妳都認為我做那些事是應該的，月涵就不會那樣。」

蜜雲翻白眼：「啊我的天啊！沒想到才一起過了一晚，開口閉口都是月涵月涵……」

爍雨噤聲，這才恍然自己怎麼滿口月涵？

「我和東日也很聊得來，我們從晚餐時間就一路聊到深夜，沒吵過一句話，你又怎麼說？明明就是你無法溝通我們才會吵不完。」

兩人誰也不肯承認誰的錯，陷入一陣靜默。

這時爍雨收到簡訊通知，他低頭查看，上面寫著：今晚你還想和昨天的女伴，再度過一夜嗎？請於一點半前回覆。

爍雨倒吸了口氣，想也不想的按下決定……

18 東日VS晨曦 午餐時光

晨曦滿面春風得意，嬌滴滴的拿起筷子，夾了一些青菜放進東日的碗裡，問他：「東日，你昨晚玩的還愉快嗎？」

「很愉快，但應該沒有妳和那個叫耀南的愉快。」

晨曦快樂的表情一掃而空，但很快便整理情緒：「如果談昨晚的事你會不高興的話，那我們聊別的事好了。」

「為什麼要聊別的事？因為妳怕妳會把在那裡發生的事，說溜嘴嗎？」

「我們又沒有做什麼見不得人的事，有什麼好說溜嘴的？」

「妳還敢說妳沒有？我都已經親眼目睹了。」

晨曦愕然，他是說在健身房裡的事嗎？她差點忘了那個健身房是玻璃透明的，所以在他們隔壁棟的東日，對她和耀南的動靜可以一目了然，想到這裡她不禁背脊發涼！

還好……他們什麼也沒做，及時踩住了煞車。

「既然你親眼目睹，那麼說說看你到底看到了什麼？」

「我看到他把妳壓在推臀機上，手臂頂在妳的胸部上……你們兩個狗男女在那裡當眾擁吻。」

「張東日，請你用詞文雅一點。」

「你們這對狗男女做了那見不得人的苟且之事，還要我用詞文雅？」他幾近失去理性的譏笑。

「他只是在幫我調推臀機的重量，調完他就起來去別的器材上運動了，你不要只看到一小部份就斷章取義瞎說一通。」

「妳才不要掩蓋事實，明明我就親眼目睹他壓在妳身上超久的，那麼長的時間只是在調機器，妳在騙誰？」

「告訴你那是視角的問題，你看到的那個位置，看起來也許很像，但他根本就沒有吻我……」

「哦～我明白了……」他輕蔑的笑著點頭。

「你明白什麼？」

「妳的意思是，昨晚，經過妳幾乎袒胸露臂的精心打扮後，又安排到健身房佈局讓他接近妳調機具，我在另一棟都可想像妳嗲聲嗲氣要他幫忙的嬌喘。結果……忙了一整晚他還是沒有上妳，最後只有蓋棉被純聊天，事情的經過是那樣嗎？」

晨曦被他猜到心思的腦門噹地一聲響，連心臟都驟然停頓了一秒的啞口無言。

「果然被我猜中了對吧？」

「嘴長在你臉上，你愛怎麼說我能怎麼辦？」她臉漲得通紅難受，他總是可以令她無地自容。

「妳剛臉上顯露出沒被吻到的失望表情，真的有夠可憐，也很噁心。」

「那你呢？你和你的室友蜜雲又做了什麼？我看她也蠻漂亮的，別告訴我你對她都沒有非分之想？」

東日牙關咬得蠕動，狠辣瞪視著她：「妳一定不相信，我整晚幾乎都站在木屋的陽台上，那裡的視野很好，可以看得到妳在木屋裡的一舉一動。」

晨曦全身發毛，還死死的打了一個寒顫。

「不……不可能……站在那一整晚你早就凍死了。」

「我有那麼笨嗎？我有把電毯拿上去用，花園那裡剛好有插座。」

「東日，你可以再變態瘋狂一點……」

「我變態瘋狂也是妳逼我的。」

「我逼你什麼了？我對你沒有任何承諾、也沒有責任，我不需要對你負責什麼？」

晨曦起身，拿起外套和包包轉身棄他而去，東日覺得整個腦子都泡在大海裡的沉重。

這時東日收到簡訊通知，他低頭查看，上面寫著：今晚你還想和昨天的女伴，再度過一夜嗎？請於一點半前回覆。

東日憤憤的緊攥著手機，閉目陷入沈思。

19 分手模擬

八個人兩點在大賣場入口集合，他們得回到昨晚的室友身邊，一起為今晚的晚餐採購兩人份的食材。

「什麼？今晚還是要和昨晚的人住在一起？」星怡詫異的看了耀南一眼，卻發現他眼裡隱約閃著的是興奮，不是不捨。

月涵也只和明道說了一聲：「那麼我過去他那邊了。」就頭也不回走向爍雨，爍雨對慢慢走來的月涵投以一個微笑，看得蜜雲一股氣哽在喉頭上差點喘不過來。

冷著一張臉的晨曦連看東日一眼都不肯，就逕自的向耀南走去，不顧星怡都還在他身邊，就急著問他：「耀南哥，今晚你想吃什麼？昨天我們吃烤鴨，今天吃海鮮如何？」

耀南有些左右為難的抓住還不肯去找伴的星怡，將她的手緊緊的握了握，才轉頭對晨曦說：「可以啊，妳決定就好。」他還來不及安撫星怡，她已甩開他的手，和明道並肩走了。

四對情侶都努力讓自己專注在採買晚餐食材上，卻仍時不時會用目光去掃射賣場的各個角落，他的戀人正挽著另一個人的手在這賣場裡閒逛買燭光晚餐，他們昨晚一起獨處的模樣，現在正血淋淋的在他們眼前3D立體呈現。

驚惶未定之餘，八個人的手機同時收到瑪莎夫人的訊息：

你們分手後，就是這種場景……你的他或她，以後就是牽著別人的手同住一個屋簷下，和到賣場採買生活用品或逛街約會，你捨得嗎？

感慨，在寬闊的超市裡幽幽迴盪，他們都想盡量避開自己的戀人，但當他們消失在視線範圍時，眼睛又會情不自禁地極力去搜尋他們在哪裡？

這趟簡單的採購，簡直把八個人的心靈搞得精疲力盡才結束，八個人終於大包小包的離開大賣場，上車前，在兩台車的前方玻璃窗，各放了一個牛皮紙袋。

「有信？感覺好恐怖！是不是又有什麼任務？」蜜雲還沒上車就看到那個信封。

他們迫不及待的拆開，裡面公佈的訊息，讓車上四個人的心臟急凍。

今晚受男方邀請再度於木屋過一晚，且女方也答應的人有：月涵、晨曦。

請沒有配對成功的伴侶，今晚搬回瑪莎夫人主棟別墅個別入住，房間已為您準備妥當。

整台車鴉雀無聲，他們這台車的人，剛好都是未配對成功落單的伴侶，四個人一路氣氛凝重的開回瑪莎山莊。

＊＊＊

月涵和爍雨、耀南和晨曦搬著他們自大賣場買回來的晚餐，回到自己的木屋，落單四人組先到瑪莎夫人別墅放妥採買的食物後，才回到木屋收拾各自的行李。

星怡一回到木屋的房間，關起門，再也忍不住的大哭。本想敲她房門問要不要幫忙搬行李的明道，黯然楞在門邊，他的情緒不比她的好受，所以也不知該如何進去安慰她？

想著月涵還沒大學畢業他就在她身邊，因為她的脆弱，讓人會情不自禁想照顧她呵護她，為鼓勵她實現創作夢想，還毅然決然的資助她繼續寫作，即使她後來的作品再也沒成功賣出，他也無怨無悔。

難道……他的付出……到頭來，只是一場笑話？月涵的憂鬱症都是因為他，因為他的無趣，抹煞了她生活中的快樂？

他走下樓時，看到耀南站在樓梯口。

「我……我來幫她搬行李……」耀南尷尬的對明道說，明道勉強擠出笑容：「她在房裡。」

耀南一進門，就見到哭紅眼的星怡，他心痛的將她摟進懷裡：「幹嘛要哭？」

她沒有推開他，只是依偎在他懷裡問：「你幹嘛還想要邀請她住一晚？你不會是真的愛上她了？」

「怎麼可能，我們才認識不到兩天……」

「如果不是，怎麼可能第二天還想和她住在一起？」

「我們之所以來這裡，不就是為了彼此分開、然後認識新的人，再從分開交換中找出我們的問題，不是嗎？妳一直說我們之間有問題，我還是想不出我們之間到底有什麼問題？」

「你真的是那麼想，才選擇再分開一晚的嗎？」

「不然呢？」

星怡眉心顫抖，眼淚又撲簌的掉了下來，對於他再次選擇同一個女人，還是耿耿於懷。一個男人若非對那女人有好感想多了解她，又怎麼可能會作出那樣的選擇？

＊＊＊＊

蜜雲草草把物品塞進行李箱，就自己拖著行李往瑪莎夫人的別墅走去。她要離開木屋前，看到東日獨自坐在客廳，他的行李，已形單影隻的被他擱置在沙發旁。她決定不打擾他就走了出去，才步出木屋沒幾步，就在小徑上遇到爍雨從中攔截。

「我幫妳拿進去。」爍雨出手要幫她提行李，蜜雲一把撞開他：「不需要，你去找你的月涵就好，你不要再出現在我眼前。」

她拉著行李繼續往前走。

爍雨在她身後說道：「妳為何不檢討一下，我為何寧可今晚選擇和她一起住，而不是妳？」

蜜雲氣得全身發抖，把滿身的行李全數甩在地上，轉身怒氣沖沖對他吼道：「白爍雨，你當你是有多稀罕蛤？你以後愛跟誰住就去跟誰住，你他媽再也跟我無關——檢討什麼？去檢討你媽啦！」

他不顧她的憤怒，對著她離去的背影喊道：「因為我覺得她需要我，妳卻不需要——」

蜜雲頭也不回的對他比了中指。

＊＊＊＊

月涵也來到木屋找明道，他正在房間默默的整理行李，抬眼對上走進房的月涵。

「你生我的氣嗎？」她怯怯的問。

「妳快樂最重要，我不生氣……」他低頭繼續把日用品放進行李箱，她坐到床邊，低著頭。

「拜託，別說妳在哭，那可是妳自己選的。」明道放下手中的東西看著她，她沒有哭，但感覺眼淚已在眼眶中打轉。

「我知道……可是，為什麼不管我做什麼事，都感到很害怕？」

「害怕什麼？」

「不知道……就是覺得很焦慮，好像有什麼事要發生了？」

「妳……是不是在為我們再也回不去的感覺，覺得很焦慮？」

她錯愕的望著他，怯懦的說：「所以……你覺得我們真的回不去了嗎？」

明道吞吞口水，喉頭艱難的上下蠕動，沉思了許久才說：「妳中午說……我無趣的人生是害妳憂鬱的原因時，我最近的猜忌似乎有了答案。」

她抖著音問：「什麼答案？」

「也許我真的不適合妳，妳該找個比較陽光的男孩，不是像我這樣死氣沉沉、愛管東管西的大哥。」

東西都打包進行李箱了，明道提起行李，給了她一個釋懷的微笑，就頭也不回的走出房門。

他毫不顧忌放手的模樣，讓月涵感到四肢發涼。

＊＊＊

晨曦坐在木屋的房裡發愣，她不知道該不該去找東日？可是自己又沒做錯什麼，有什麼好解釋的？而且感覺越解釋狀況可能越糟。

但她更意外，他竟也沒來找她。平時只要一吵架，不論對或錯，他總是搶在第一時間跑來和她撒嬌求合，這次是不是真的激怒了他？

這不正是她想要的嗎？對於他的糾纏黏膩和帶刺的言語，她早就已經對他感到厭倦了不是嗎？

她想要更進一步的了解耀南，她也感受到，他對她也有相同的好感。

20 戀人的約會短片

「你們覺得我們繼續待在瑪莎山莊幹嘛？」炒著青菜的東日，了無生氣的問其他三個落單者。

蜜雲快言快語的回答：「吃晚餐吶幹嘛……」

星怡：「哈哈……吃飯皇帝大！」

客廳的大擺鐘突然響起，著實把大家嚇了一大跳，東日瞪向那只鐘：「連那個鐘都在為我們的戀情敲喪嗎？」

大家噗哧的苦笑了出來。

東日繼續發牢騷：「我們真的有必在這待滿五天，眼睜睜看著他們的愛情逐漸修成正果，然後五天後，還要開個歡送會祝福他們『永浴愛河』那樣嗎？」

煎著魚的星怡嘆道：「我心胸沒有那麼寬大。」。

「我也是……」蜜雲狠狠的把柳丁切成兩半：「我再待下去應該會朝他們潑硫酸。」

明道愕然看向她，戒慎恐懼：「真的嗎？」她想潑硫酸的人可是月涵。

「其實我們事先就知道會發生這種事了，但為何還要答應過來呢？」

也許他們四人都認為他們的感情很堅定，不會有問題。

星怡笑：「說不定我們之間，哪天也會碰撞出愛的火花，結果最後是他們祝福我們。」

「我決定了……」蜜雲突然十分認真的宣佈：「我明天一大早就要離開。」她一刻也待不下去。

三個人沉默了，蜜雲意外竟都沒有人附和要一起走，也許他們覺得原來的感情，還有挽救的機會。

此時，四個人的手機同時收到瑪莎夫人傳來的簡訊：

是否要收看，戀人和約會對象的精彩對話？有任何問題可向瑪莎夫人諮詢。

和約會對象的精彩對話？

大家的表情驟變，手停在半空中猶豫了再猶豫，明道第一個按下『ＯＫ』：

爍雨：「其實我被醫生診斷出有躁鬱症。」

月涵：「你為什麼能把你有躁鬱症的事，輕鬆的就告訴別人？」

「為何不能說？那又不是什麼可恥的事，躁鬱症只是心得了感冒。」

月涵原本愁雲慘淡了四年的表情，一下子就撥雲見日化了開來，爍雨短短幾句對話，竟對月涵有那麼大的影響力！明道極力隱藏了整整四年的病情，卻輕輕鬆鬆的就從爍雨的嘴裡脫口而出，那無意是在明道的臉上賞了一巴掌！

＊＊

蜜雲眉頭鎖得更加深緊，焦憤的點下『ＯＫ』，就怒瞪著螢幕：

月涵驚嘆道：「好香喔～你真厲害，上面還會切花紋，好像高級牛排館賣的牛排。」

爍雨：「妳真的那麼認為？」月涵肯定的猛點頭。

「妳嚐嚐我刷過特製烤肉醬的肉。」爍雨得意地夾了一塊牛肉餵她。

「真的好吃耶！眼淚感動的都要流下來了。你真的可以開牛排館，一定會賺大錢。」

爍雨豪氣的笑得好不開心。

蜜雲震驚的盯著爍雨的表情不放，她從沒看過他笑得那樣得意與驕傲，臉上的自信讓原本就俊美的他，增添更多陽剛的男人味，叫她嫉妒的攏起了拳頭。月涵的讚美也十分誠懇，一點也不像是虛假的客套話，因為爍雨的手藝是真的很好，只是她認為那是理所當然的事，所以從沒對他說過。

＊＊

星怡的心纏鬥了一翻後，也忍不住按下了『ＯＫ』：

晨曦款款盯著耀南笑出了酒窩：「你真的懂我，而且好體貼，不用我解釋就明白我心裡想的。」

「是嗎？」耀南開懷大笑：「但我女友總是說我根本不懂她、對她一點也不體貼。」

「哦！她為什麼會那麼想？」

「那也是我一直不明白的地方……而且那問題竟嚴重到讓她想和我分手。所以……我們才會來這裡。」

星怡覺得好無辜，也覺得心酸。是不是只有她認為，耀南懂所有人、他也懂得體貼所有人，唯獨對她例外？木屋裡的沙發那麼長那麼大，他們有必要靠得那麼近嗎？

＊＊

東日直到用完晚餐，都還未決定是否要看視訊？內心的艱熬讓他一直反胃想吐。

星怡覺得他的臉色很不對勁，關心的問：「你還好嗎？」

東日臉頰顫了一下，連苦笑都擠不出來：「你們有收到他們約會的影片嗎？」

「嗯……」大家都點頭，東日看大家都面有難色，更加痛苦的倒吸了一口氣。

明道解釋：「其實倒不是傳什麼搞曖昧的影片，只是昨晚約會中，他們提到我們的片段而已。」

「真的嗎？」東日痛苦的神情驟然一鬆，拿起手機也點開了影片……

耀南：「妳認為妳和妳男友之所以會來這主要原因是什麼？」

晨曦：「他總是批評我……」她有點說不下去：「只要是我做的任何事，他總是批評，從來都不曾誇讚過我，而且是那種叫人喘不過氣的批評。」

「他是個標準要求很高的人嗎？」

「不是，他只對我的要求很高，我穿什麼衣服、化什麼妝，從來也不曾合他的胃口，我真的覺得很累。」

「每件事都要迎合另一半的確很累人，應該要互相尊重對方的喜好才對。」

「是啊！我後來索性都不理會他喜不喜歡我的打扮，就隨心所欲以自己喜歡的模樣為主。」

「做自己，讚喔！」兩人一拍即合的擊掌。

東日看完短片後，一把火在胸口開始燃燒，原來這些年來，她都是以這種隨便應付他的態度！他怒不可遏的起身，所有人錯愕的看著他站起後，快步的走回房。

東日一回到房就傳訊息給瑪莎夫人：

請問妳傳這樣的影片給我們，真的有助於我們的感情復合嗎？我怎麼感覺，自從我進入山莊後，反而讓我女友想分手的意志更加堅定？

21 瑪莎夫人

瑪莎夫人立即播了視訊通話給東日，他按下接受，她的頭像立即跳出畫面，沒有多餘的寒暄，她開頭就說：「讓你想分手的意志更加堅定、或減少、甚至於消失，不正是你們參加這趟旅程的主要目的嗎？」

東日楞住，沉默不語，他們的確已經厭倦了中間的模糊地帶。

瑪莎：「看完那段影片後，你有什麼感覺？」

「憤怒……不明白她為什麼不把對我的不滿直接告訴我，反倒要向一個陌生人抱怨？」

「我記得在你們來我山莊的路上，她就有跟你提過一次不要再管她服裝的問題，你還記得嗎？」

東日語塞。

瑪莎：「所以晨曦會轉而向一個陌生人那麼抱怨，就是因為和你說了卻不見效果，而那問題已變成她很大的困擾。就像你也向蜜雲訴苦和晨曦在一起時，她都是在騎驢找馬，是一樣的心態。」

瑪莎：「你要不要反問自己，你為何會忍不住一直對她的衣著打扮，挑剔和批評？」

東日皺起眉頭，心思很亂，因為他以前也從沒想過，自己何時變成總是在挑她毛病？現在回想起來，那的確成了他們每次發生嚴重爭吵的起點。

他沉思許久才開口。

「因為我覺得她都刻意不打扮成我喜歡的模樣，還喜歡穿著暴露到處招蜂引蝶。有時候……我會認為她故意在我面前向別的男人獻殷勤，好像故意要刺激我，讓我知難而退。」

「所以，你害怕她被其他人追走，才會一昧的對她挑剔，想讓她失去自信心，是那樣嗎？」

被點中心機讓東日倒吸一氣，無奈的說：「結果……那反而成了她想離開我的主要原因，是嗎？」

「情侶分手，通常都是有很多原因加成在一起，不會只是單一。但如果有找到任何一項問題的源頭，都是一個改善關係的起點，也許你可以再努力試試。」

東日一副不知該如何是好？

瑪莎笑：「想想當初她接受你的點，在哪裡？」

就在此時，瑪莎夫人的房門迫切的被敲了起來，瑪莎詫異的回頭看了一眼，除了管家之外，怎麼有人知道她在別墅的塔樓裡？

「瑪莎夫人……瑪莎夫人……我需要和妳談談。」

是個女人的聲音，但東日聽不出是誰在敲門？

瑪莎身子向後退，東日才看到原來她坐在輪椅上，倉促間，傾斜的鏡頭拍到她滿桌子瓶瓶罐罐都是藥。她的輪椅滑到門邊，東日只聽到她對門外的人說：「我正在視訊諮詢中，請您等一下，不然也可以網路上預約時間。」

門外安靜了下來，不久傳來：「我在這裡等您。」
瑪莎又回到鏡頭前。
東日：「我有問題再找您，您忙吧。」
東日一下線瑪莎就請門外的人進來，蜜雲一進門，就不由分說的喊著要離開山莊，瑪莎倒了杯熱牛奶給她要她先冷靜。
蜜雲把牛奶重重的扣在桌上，怒問：「妳為什麼要做今晚這樣的安排，這趟旅程的目的，到底是要勸合？還是故意讓我們全部的人都分手？」
瑪莎不假思索的回答：「都是。考驗過得了就是合，過不了就是分，天下何處無芳草，不適合又何必苦苦糾纏在一起？」
蜜雲被她堵得無言以對，不甘心的嗆道：「是啊！該分就分……只是愛得比較多的人就比較倒楣，被拋棄還眼睜睜看著沒良心的在對面吃香喝辣，媽的……」
瑪莎反問她：「妳目前身邊有什麼人圍繞著妳？就算沒有入住木屋，妳若是能利用身邊的資源，也一樣是在約會不是嗎？」

瑪莎夫人的視訊電話再次響起，蜜雲示意瑪莎夫人先處理視訊，她滑著輪椅到浴室，關起門才接聽。

視訊中的明道彬彬有禮的說：「瑪莎夫人不好意思這麼晚還打擾您……」

「不會，有什麼問題想問嗎？」瑪莎夫人和藹的微笑，使她看起來風韻猶存，一點都不像已經六十幾歲的人。「你就叫我瑪莎就好？」

「喔好的……」拘謹的明道放鬆了些：「我想請問瑪莎夫人……啊不是，是瑪莎。月涵和爍雨相處一晚後，好像認為她的憂鬱症會越來越嚴重，是因為我的緣故。雖然，以前我也曾經那樣懷疑過，但從她口裏說出來……還是讓我無法接受……」

「憂鬱症的起因很多，有的是為病痛煩憂、有的為擁有稀少資源、有的是長期挫敗、有些甚至於沒由來的憂鬱……通常都是外在壓力激發了遺傳易感性所引起，但這種心理疾病都是可以理清與治療的，只要其中之一有所改善，就能紓解其他的憂愁。」

「妳剛提到遺傳？有可能是基因導致憂鬱體質嗎？」

「是的……」瑪莎夫人頓了頓，隨即嚴謹的問明道：「月涵目前有接受心理治療嗎？」

「她……」明道吞吞口水：「以前看過幾次，目前暫時沒有了，因為她總覺得沒有效果，所以就沒有再去了。」

「是只有她認為沒有效果……還是你也覺得沒有效？」

明道有些愧疚的說：「因為她吃了抗憂鬱症的藥之後總是昏昏沉沉的，什麼事都不能做，預計要完成的小說，一本都沒有完成，這樣年復一年一事無成的日子，反而加速她的沮喪，讓她一直掉進惡性循環的噩夢中。」

他越講越激動，擱在下巴的手，都不住的打顫：「為了終止那樣的循環，月涵也曾停筆休息，暫時先出去找工作。但憂鬱症一發作起來，她就選擇逃避，我幾乎整天跟在她屁股後面收拾殘局，那也間接影響了我的工作。」

他緊捏著鼻樑：「我真的覺得好累……感覺……四年來的感情如付諸流水，最後反讓她覺得我才是她的負擔……」

瑪莎夫人瞇起眼睨著他滿臉的倦容，說：「她應該不是在指責你。」

「她說我很無趣才害她生活也失去色彩，那不是指責是什麼？」

「應該說是在檢討原因。她不是問你，太過憂鬱難道是一種罪過嗎？她好像第一次領悟到，自己原來只是心在生病了，而生病，並不是她的錯。」

明道無辜：「我從來沒有責怪過她啊。」

「但你卻一直提醒她，她的各項挫敗才導致她憂鬱，不是嗎？」

「我只是希望她能夠振作起來……」他頓了頓：「她是個作家，在大一時就曾出版過一本小說，那是多麼難得的經歷，可見她是具有潛能的，她只要敞開心房，一定能夠再次突破自己。」

「想突破自己，就得先認識自己，經過昨晚，她終於有初步的認知，了解自己只是生病了，先把病治好才能再重新找到自己的價值，不再把憂鬱症變成生活重心，整日惶惶不安不敢再前進半步。所以，你和她，都必需勇敢的承認並說出那是憂鬱症，別再逃避。」

「那麼……」明道沉重的反問：「她說我是個無趣的人影響她生活，這點我仍不知道該怎麼面對她？」

瑪莎夫人笑：「你再無趣，影響到的也只是她部份的生活，不是全部，因為她是自主的個體。她的生活要多采多姿，就得靠她自己去創造才行，不然，即使她離開了無趣的你，她的憂鬱症，一樣會如影隨形的跟著她，所以你並不是她憂鬱症的主因，你反而是她心靈的支柱。」

瑪莎夫人的話，讓明道陷入無限的沉思之中。

掛掉視訊後，瑪莎夫人走出房門，蜜雲已經離開，桌上八個人的資料有被翻動的痕跡，那麼，蜜雲一定也看到了牆上的監視畫面了吧？

一張紙條留在沙發桌上：瑪莎夫人，對不起先走了，不打擾您了。

22

爍雨、月涵 第二夜

「妳怎麼又躲在這兒哭了？」爍雨毫不費力就找到在花園陽裏蜷成一團的月涵，她簡直是哭成了淚人兒，好像快融化在花海裡了。一想起明道對她心灰意冷拖著行李離開的模樣，她的世界就開始在崩塌中。

她淚眼婆娑的對爍雨說：「我告訴你一個秘密……」

爍雨蹲到她身邊聆聽。

「我其實有憂鬱症，而且非常嚴重，甚至讓我不敢面對人群和再出去找工作。」

爍雨很認真的回她：「我知道。」

「你知道？」月涵不解：「你為什麼會知道？明道告訴你的？」

他拉住她的手，輕輕推開她手腕上的袖子：「這個，還有妳動不動就哭。」

月涵連忙縮回手上的疤痕，鼻子以下的臉深埋進膝蓋裡。

原來他早就知道了，所以第一天他才會故意也跟她表明他有躁鬱症的事。

「傻瓜，憂鬱症又怎樣？憂鬱症也要打起精神來吃飯對不對？」他把手伸向她，露出一排貝齒微笑：「妳忘了今晚我要燉可樂豬腳，快來幫忙，不然不給妳吃喔。」

他明眸皓齒的笑容立刻感染了她，她無可自拔的盯著他，就不自覺的把手放到他的手上，他拉著她站起，才打開陽台的玻璃門，迎面而來的是醇厚魯肉香，憂鬱的陰霾果然一掃而空。

「我告訴妳燉這豬腳的訣竅就是厚……」

月涵完全沉浸在他的一顰一笑中，連豬腳長什麼形狀都已被她拋諸腦後，更別提燉的方法和過程是什麼了？晚餐，竟就在幸福中不知不覺結束了，月涵好久未享受這樣輕鬆愉快的夜晚。

但是晚餐後，爍雨卻突然變得十分的沉默。

「你是不是廚師啊？」

他兩眼無神的盯著電視，似乎沒聽到月涵的話，月涵只得把自己的音量拉大再問他：「爍雨，你是廚師嗎？」

爍雨終於回神看向她，但仍一副心不在焉，隨意回應：「嗯，是啊，我是廚師。」

「沒想到被我猜對了……」月涵愉快的心情，很快即掉落在爍雨沒有表情的臉龐上，他怎麼和晚餐前簡直是判若兩人？不待月涵想問更多問題了解他，他已驀地站起說：「對不起，我要到外面走走……」

他說完就快步兀自的向大門走去，讓原本也想跟去的月涵，楞在沙發上。是不是我做錯了什麼，或說錯了什麼話，所以他生氣了？月涵喃喃自問。

爍雨心煩意亂的穿過木屋前方的小徑，蜜雲竟然把他所有社交媒體全面封鎖了！本來還覺得傍晚的吵架就和平常一樣，是床頭吵床尾合的日常，沒想到，她居然那麼狠心，真的打算和他分手絕交了嗎？一想到她，心就如刀在割。

他滿腹怒氣無處宣洩，踏著黑夜與露水來到山莊的林子吹冷風，遠遠的就聽到前方有男女的交談聲和鞦韆的搖盪聲，還飄來淡淡的香煙味。

當聲音隨著距離的拉短變成人影後，爍雨楞住！是蜜雲和東日，他們兩個正坐在鞦韆上盪著，蜜雲臉上滿是靦腆羞澀的笑容，連眼睛都笑得甜蜜。

她不曾那樣對他笑過，為何那樣幸福的笑容從不出現在他面前？不管他為她做過什麼，她就是咬定他的付出都是應該的，所以才不值得回報，連個笑容都不給嗎？

他的出現，讓蜜雲十分錯愕，但她的表情隨即轉成一貫的冷淡，調開視線打算把他當空氣。

東日隨著蜜雲的視線轉頭，才看到爍雨：「你好，我叫東日，你們……是一起來的情侶對吧？」

東日向爍雨微笑釋出善意，爍雨卻面無表情只盯著蜜雲，走到她面前說：「我想和妳單獨談談。」

「我不想，你沒看到我正在和東日聊天嗎？」

爍雨咬牙切齒全然無暇顧及東日的面子，直接質問她：「妳為什麼把我全面封鎖？我們六年的感情算什麼？」

「算什麼？」蜜雲也怒目而視：「算什麼問你啊？是你先背叛我的，現在反而惡人先告狀反過來質問我六年的感情算什麼？」

東日尷尬的跳下鞦韆說：「你們談吧，不打擾了。」他黯然離開，蜜雲超想拉住他或跟著他一起離開，但又不想他無辜受累。

「我那怎麼能叫背叛？在這五天裡會發生什麼事，不都是你我心知肚明的，妳究竟在吃什麼醋？」

「同一個女人一起過夜二次！還真有你的，你可以選擇不要啊，為什麼你仍決定續第二晚，你說啊？那不是背叛是什麼？」

「妳還不是大半夜和男人在這裡約會？」

蜜雲翻白眼：「所以你的意思是，你可以變心和女人在外面一起過夜，我就不能和男人在外面約會？這是什麼道理？」

「妳說封鎖我就封鎖我，妳不覺得妳真的很狠心嗎？」

「噢！我的天啊！又在繞圈子了！我不想再談了……不會有任何結果的，我告訴你，我明天就要離開這裡，我不想再和你繼續玩下去了。」

她幾乎是跳下鞦韆準備能逃多遠就多遠，爍雨卻及時拉住她的手：「蜜雲別這樣……」

「放開我——」

「我本來只是想氣妳，但沒想到妳竟然會生那麼大的氣，還那麼認真的把我全封鎖了。我從來就沒看過妳為了我，情緒起伏這麼大過，我……」

「你說什麼？」蜜雲訝然的回頭睨著他，這個傢伙為了測試她，竟然害她氣得血脈賁張都要腦中風了，眼淚竟不自覺從她冰雪皇后般的眼裡落了下來：「你這混蛋！」她想掙脫他卻被他反手給擁入懷裡。

「對不起……真的對不起……」

她哭打著他的胸口：「你不是口口聲聲說月涵需要你？」她真的第一次聽到他向她道歉。

「因為她有很嚴重的憂鬱症，讓人不想照顧她都很難，等妳認識她，相信妳也會想幫助她走出來。」蜜雲不顧一切的在他懷裡大哭。

沒走遠的東日見到他們最後摟在一起，羨慕的往別墅走回，他和晨曦也許再也沒有那樣的機會了。

他赫然看到一個纖細的人影也悄然離開鞦韆的林子，向木屋的方向跑去，而且好像邊跑邊擦淚，他定定看他跑的方向和最後的身影，認出那個人，是月涵！

23

東日、晨曦 第二夜

月涵哭著跑進木屋，剛剛爍雨的話，像萬箭穿心的諷刺，她以為他對她有好感喜歡她，才會那麼花心思在鼓勵她，原來一切只是她自作多情。

樓下驀地傳來爍雨和蜜雲開門進木屋的聲音，月涵不敢置信的跑出二樓走廊向下望，爍雨真的帶著蜜雲一起甜蜜的走進房間！完全不顧忌她這個約會對象的感受，她的內心正刮起狂風暴雨。

她手機傳來一封瑪莎夫人的訊息：

爍雨只是妳來到這裡認識不到兩天的男性，山莊外，還有更遼闊的世界等著妳。但妳目前，是否該把專注力先放在解決妳和明道的問題上？

看完簡訊，月涵的眼淚慢慢的停了下來，走回自己的房間。

東日錯愕的看著一起走進木屋的爍雨和蜜雲，驚道：「原來還可以去木屋找自己的戀人！」他有些躊躇不定，但滿腦子都是晨曦……

耀南的房間裡，流行音樂喧騰播放著，滿地都是空酒瓶，晨曦坐在床上，白玉般的長腿，直直的橫在耀南的面前，她膽顫心驚的對耀南大叫：「耀南哥，你是不是喝醉了？擦歪了，顏色擦出去了……」

「沒有沒有……我擦得可漂亮了……沒有歪……」他努力的克制手上的指甲油刷毛，集中注意力於她腳上的大拇指上，卻仍歪歪斜斜的不斷出格。

「哈哈哈……好癢……好冰喔……」晨曦癢得大笑，笑聲讓已經站在他們房門口的東日，理智瞬間斷裂，他轉動門把要推門進去時，收到瑪莎夫人的訊息：

你確定你真的要徹底打破晨曦對你的信任和好感？

東日的手還是沒有自門把上放下，滿臉猙獰，似乎已決定不計後果闖入。

瑪莎夫人連忙再傳：

請尊重你伴侶的決定，和山莊的規則。

東日想起來諮詢前簽下的同意書中，就有一條『伴侶可能會於交換伴侶過程中，發生性關係，請務必尊重對方的決定。』

該死！東日轉身，如行屍走肉的走向黑漆漆的客廳。

當時他還自信滿滿的認為絕對不會發生那種事，沒想到才第二夜，他們的感情就受到那麼強大的考驗而變得岌岌可危！

＊＊＊

第二天早晨，自晨曦的房間傳出尖叫聲，她驚恐的瞪著躺在她身旁的東日。

晨曦幾近尖叫的問他：「你是什麼時候跑進我房間的？」

東日若無其事的說：「我昨晚十一點之後就來了，但妳喝醉了，所以不記得了。」

他在客廳等她到凌晨兩點，她才終於倦了膩了回到自己的房間。

「重點是，你來這裡幹什麼？」晨曦盛怒，有種不被尊重與侵犯的感覺。

這時門外傳來耀南急迫的敲門聲：「晨曦妳還好嗎？發生什麼事了嗎？」

東日煩不甚煩的對門外的耀南大喊：「沒事，我是她的男友東日。」

晨曦憤怒的反駁：「誰說沒事？」

「需要我開門嗎？」耀南怕她在裡面有危險，所以遲遲不肯走。

晨曦起身索性把門大敞，讓耀南進來，讓東日難堪。

耀南尷尬的看著對峙的兩個人，識相的轉身離開：「妳沒事就好……」

晨曦更加凌厲怒視著東日：「張東日，我現在真的確定你是個瘋子。你這樣到底算什麼？抓姦嗎？」

「我知道這麼做不對，但我實在無法再忍受妳和任何一個男人過夜。」

「前晚你說你在陽台監視了我一整個晚上就已經夠讓我反感了，結果你竟然更得寸進尺，像個變態一樣直接登堂入室。」

「我是變態？」東日覺得心被刺了一刀：「妳怎麼能那麼形容我，若不是因為我愛妳、在乎妳，我會做出這麼不可理喻的事，我已經整整兩夜沒有闔眼了，究竟是為了誰？」

「夠了……」晨曦憤怒的表情轉為厭惡：「我就是討厭你那死纏爛打的樣子，每次只要我不依你的想法去做事時，你就會開始用纏人的爛招逼我依你的方式去做，我真的已經受夠了。我們能不能給彼此有個喘息的空間，尊重彼此的決定？」

「所以我和其他女人過夜，妳一點吃醋嫉妒的感覺都沒有嗎？」

「你到底有沒有聽進我的話？我希望給彼此空間，而不是凡事都要依你的決定去做。昨晚我做了超出你預期的事，你就打破規則，硬是闖入我房間，那就是不尊重我，你聽不懂嗎？」

「我懂，但妳又是否懂得我為何闖進來的心情？我和別的女人過夜，妳是不是都沒有嫉妒的感覺，對吧？」

晨曦被他問得一愣，低下頭避開他的視線，沒有回答。

他苦笑：「我現在才發現，妳似乎真的從來都沒有愛過我。」

此時，外面突然響起廣播器的聲響，老管家向所有人的公佈：

各位參加瑪莎夫人諮詢之旅的貴賓們早安，請於八點半前，至瑪莎別墅的餐廳享用早餐，感謝各位。

24 早餐拾穗

大家圍坐於餐廳長桌，爍雨和蜜雲帶著甜蜜的微笑入場；明道看了一眼雙眼略紅的月涵，月涵則偷偷看了一眼爍雨就低下了眼；滿臉疲憊的東日連眼袋都泛黑，晨曦面無表情的坐在他身旁；耀南尷尬的不斷偷瞄東日和晨曦，明顯感受到氣氛不太對勁的星怡，若有所思的挑著盤中的食物有些食不下嚥。

等他們吃得差不多時，餐桌前方的電視突然亮了起來，瑪莎夫人親切和藹的微笑，出現在畫面中。

「各位早安，我是本次旅程的主辦，瑪莎。」

「早……」大家異口同聲的向瑪莎夫人打招呼。

瑪莎夫人比第一天看到時的模樣還要蒼老憔悴，雖然依舊打扮的端莊典雅，但仍可看得出，疾病正在一點一滴的侵蝕毀滅著她殘存的生命。

「各位在經歷過這二夜的伴侶交換後，是不是都感觸良多？對於原來的伴侶，應該也產生不同以往的想法。現在……請各位輪流敘述一下，這兩天，你們之間的問題解決了多少？」

瑪莎夫人指示從離她最近的耀南先開始。

耀南有些怯場，清清喉嚨才啟口：「各位早，在我來這兒之前，我女友總是說我根本不懂她、對她一點也不體貼，甚至於覺得很不安，但她又說不出不安的明確點在哪？」他瞄了一眼一旁的星怡：「但這兩天我都和晨曦一起度過，她是個很熱情坦率的人，她卻告訴我，我是個體貼的人，也能了解她心裏在想什麼？所以……我對星怡的問題仍感到很困惑？這是我這兩天一直在想的事情。」

耀南的話直直刺進星怡的心裏，她痛得挑高眉頭看了耀南一眼，她和他分開了兩天，他的體悟，就是晨曦很了解他？

耀南也睨了星怡一眼，沒再繼續說什麼。

換星怡語重心長的說：「這兩天，我都沒和我男友在一起，我的確是無時無刻不想著他在那棟木屋裡做什麼？雖然我們以前也曾分手過，但這次的體驗卻很真實，因為他和別人住在一起，卻是在我面前血淋淋的上演。第一天還沒那麼糟，但第二天，感覺真的很難以忍受……」星怡低頭，有些哽住：「現在，又聽到他說別人比我更了解他時，我有一種被背叛的感覺……」

耀南很是驚訝的睨了她一眼，她以前從未果決的說出她心裏的感受，這讓他很震撼，也對她感到被背叛覺得很愧疚。

兩人語畢後陷入一陣靜默。

東日確定他們已不想再發表想法後，緊接著開口道：「來到這裡後，我已經整整兩天無法入眠。而且，我還在這裡確認了來這裡之前的一個疑問，那就是我和晨曦交往的三年來，她根本從沒愛過我。」

「你憑什麼那麼斷章取義說我從沒愛過你？」晨曦忿忿不平地反駁：「是你後來的種種表現讓我對你越來越失望，才會讓我想來參加這趟旅程。」

「所以妳參加這趟旅程的主要目的就是方便跟我提分手，是那樣的意思嗎？」

「如果我們無法在這裡找到解決問題的方法，你不覺得分手反而對我們彼此比較好嗎？」

東日嗤得一笑：「我不覺得妳有在找解決問題的方法，妳比較熱衷於找新的戀情。」

晨曦尷尬的滿臉通紅：「你要那麼想，我也無話可說。」

東日低頭不再回她任何話。

明道也感慨萬千的打破沉默：「一開始來這裡要面對陌生人，我一直很擔心月涵會無法適應，憂鬱症會因此變得更加嚴重。」

月涵愕然的看向明道，他居然當著大家的面，把她有憂鬱症的事說了出口！那是他以前從來不敢公開承認的事。她怯怯的快速掃了在場所有人一眼，他們雖然顯得鎮定，但仍有一絲吃驚在他們臉上一掃而過，那讓月涵感到不安。

明道：「但月涵的狀況卻比我想像中的穩定，她的憂鬱症不但沒有大爆發，似乎還從交換中找到了療癒的方法，那使我很驚訝，但也讓我感到很愧疚……」

爍雨有些訝異的望了明道一眼，蜜雲則有些不悅的把視線從月涵身上掉開，低頭沉思。

月涵酡紅了臉對明道說：「你沒有必要愧疚。」

「但……我卻無法讓妳變得快樂，別人卻可以……」他睨向月涵的眼神滿是怪罪，看得她冷不防的打了個顫，他不曾這麼嚴厲的責怪過她。

和爍雨在一起，她的確享受到了好久未有的開懷大笑，但他的心裏，早就已經有了蜜雲。她不明白自己在鑽什麼牛角尖，和爍雨的相處也不過短短兩天，她根本不必這麼認真。

明道雖然無法給她快樂，但他卻給了她滿滿的安全感，只是，她不知道自己要的究竟是安全感還是快樂？還是她要得太多了？

可是……如果這段旅程結束後，她若選擇了安全感，是不是一樣又要像以前一樣，和明道一起窩回過去不見天日的憂鬱旋渦裡？那股暗黑的力量快要將她給撕碎，她要如何和明道繼續走下去，又同時能夠逃離沉淪在憂鬱裡？她真的需要一道明亮的光，照亮她的生活。

她竟情不自禁的看著爍雨，直到蜜雲開口說話：「我和爍雨最大的問題在於無法溝通，我們只要一說起話，不到第二句就開始吵。經過這兩天的交換我們吵得更兇，他卻生平第一次破天荒的向我說對不起，那竟讓我感動莫名。我在想，以前我們吵架好像都在爭誰對誰錯？卻都沒靜下來好好聽對方真正的想法。」

爍雨緊緊握住了她的手，兩人甜蜜對望一眼，爍雨說：「來這裡之前，我以為她對這段感情可有可無，但經過昨晚的伴侶交換後，她的反應讓我很驚訝，也讓我明白，她非常重視我。」

所有人都陳述完畢，瑪莎夫人幽幽的說：「各位在交換伴侶後，磨擦出更多的火花，那是正常的，那證明，你們還非常在乎對方。重點是，要從那些火花中嗅聞出你們以前一直理不清或不想理的引火點在哪裡？當戳中痛處時，再試問自己，你還能繼續接受那個痛點嗎？如果兩個人想再一起走下去，你在乎的那個痛點，他願意為了你努力改變嗎？」

大家都陷入一片靜默，早餐諮詢一結束，女方的手機，立即都收到任務簡訊：

請於九點半前與今天想約會的對象進行邀約。

25 送出第三次邀約

怕生的蜜雲想也不想，再次約了曾和自己過夜的東日一起約會；晨曦則反其道而行，約了穩重成熟的明道；月涵毫不猶豫的跑去問爍雨，他一時間不知如何拒絕月涵於是先答應了她，回頭，星怡竟也向他提出邀請，他沒多想，也答應了星怡。

爍雨悶悶地陷入一陣沉思後，還是走向月涵：「月涵，不好意思，我怕蜜雲會誤會我們的關係，決定這次和沒約過會的星怡一起去，對不起。」

「喔……這……這樣啊……好的，我明白。」

月涵極力掩飾著失望的表情點頭，只想趕忙離開這尷尬的場面時，卻在客廳看到明道和晨曦正有說有笑的討論約會的事。

「明道哥，我們要不要去泡溫泉，聽說這裡的溫泉對皮膚很好呢。」

「好啊，路上順便買一壺清酒過去邊泡邊喝。」

月涵聽到這兒就黯然離去了。

晨曦雀躍地又拍手，又跳躍：「沒想到明道哥這麼會享受人生啊？」

「我們銀行的同事更會享受，他們出國常買昂貴的酒一起去露營。」

「看不出明道哥在銀行上班耶～是社會精英吶～」

「沒有啦……妳過獎了。」

明道被她嗲哩嗲氣的娃娃音，搞得一直發出咯咯的笑聲，匆匆走過的耀南看得有些傻眼！原來晨曦的嬌媚不是只對他一人，好像是對每個男人都那樣。晨曦突然與他對上眼，那雙明眸帶花的笑眼，看得他不禁縮了縮，他紳士的給了她一個微笑，才驚覺竟沒有任何人來向他邀約，只得孤獨地走出別墅往木屋去拿回行李。

東日看自己女友忙著勾引男人，看得眼冒金星，再加上多日未眠更是痛苦不堪，他趁耀南離開後走去敲星怡的房門，向是護士的她詢問是否有鎮定劑？他想今晚能拋開一切，好好的睡上一覺。

廣播器響了起來：

今天由女方主動邀約成功的伴侶有蜜雲和東日；晨曦和明道；星怡和爍雨。請昨晚木屋的來賓，今晚搬回別墅與自己的戀人同房，感謝合作。

爍雨一凜，不敢置信的走向蜜雲，表情微慍，把她拉進別墅的房裡，質疑的問：「妳不是已經和東日約會過了，為何還要再約他？」

「你不也和月涵約過會，還不是再約？」

「這不是昨晚已經跟妳解釋過了嗎，妳為何還要翻舊帳？她剛剛也有來約我，但我就拒絕她了。」

「真的！」蜜雲很驚訝，她沒想到月涵對爍雨竟如此執著。

「所以妳呢？也是為了氣我才又想和同一個男人出去約會嗎？」

蜜雲聳聳肩：「我只是覺得東日和我挺談得來的，我不想再和不熟的人約會，很尷尬。」

爍雨半信半疑的盯著她，但仍怒氣未消的抱怨：「下次妳做什麼事時，好歹也考慮一下我的感受，不要只顧及到妳自己的可以嗎？」

「妳和月涵過第二夜時，還不是也只顧及你自己的感受。」

「那是因為妳從來都對這段情表達得很冷淡我才那樣做的。」

蜜雲翻白眼：「難不成我早上在餐桌上說我們的關係有獲得改善，都是假象嗎？」

爍雨瞬間啞口無言，默默的走出蜜雲房間，就見到站在走廊等他想討論約會地點的星怡。

星怡站在爍雨的面前，宛如小鳥依人的嬌小，她抬頭問他：「我們一起去森林保護區看楓葉如何？好像離這裡不會很遠。」

「好，我先把行李搬回別墅就走吧。」爍雨經過東日的房間時，聽到裡面傳來他和晨曦的爭吵聲。

晨曦酸溜溜的說：「早上誰還在大家面前酸我好像故意來這裡找新的戀情？結果你和蜜雲是第幾次約會了？」

「昨天我可沒和任何人約會，一直待在妳房裡。」

晨曦嘴巴吃黃蓮的閉嘴，還全身發毛。

東日語態乍然變得溫柔：「昨晚我看到爍雨和蜜雲在外面大吵，兩人反而把事情說開後變得更好，我們是不是也能像他們一樣，解開彼此的心結，再如瑪莎夫人說的，把摩擦變成我們為彼此改變的動力？」

「我沒有為你改變嗎？你在眾人面前把我形容得對找新戀情有多飢渴之後，我今天就不再和耀南哥約會了，不然不知道大家會用什麼眼光看待我？」

「妳的語氣根本不是為了我而改變，妳根本是為了守住名譽，才勉強自己不和耀南約會的吧？」

「你知道我對你最難以忍受的點是什麼嗎？」晨曦含著淚說：「就是你那張嘴，總是可以不顧我的感受，把我弄得遍體鱗傷。」

她抓起包包就走出房間去找明道，但他已經前往木屋找月涵。

月涵責備的睨著明道：「你幹嘛把我憂鬱症的事在大家面前公開？」

「爍雨不是也知道妳的病情，妳還反而覺得如釋重負不是嗎？妳自己上次也問我，憂鬱症又不是什麼錯，我們為何不能坦白承認病情？」

月涵搖頭：「但我還沒有準備好，你有看到那些人聽到我有病後，臉上閃過『她是異類』的害怕鄙夷表情？」

「月涵……妳想太多了吧？瑪莎夫人也認為妳需要誠實面對妳自己的憂鬱症。」他大手覆到她的手上。

「我才沒有想太多……」她挪開她的手：「爍雨跟蜜雲說，他是因為可憐我有憂鬱症，第二天才繼續和我約會的，他今天也拒絕了我的邀約。每個得知我有憂鬱症的人，最後都會拒絕我，沒有一個是例外的。」

明道五味雜陳，一方面憐憫她，一方面又責怪她今天又約了爍雨，她是真的對他情有獨鍾嗎？還好爍雨最後拒絕了她，不然她只會更失望而已。

「你和晨曦要去哪裡？」月涵口吻裡帶著強烈的酸意。

明道輕聲的回答：「附近的溫泉會館。」

月涵臉瞬間沮喪下去：「你不總是說大家一起泡在同一個湯池裡很不衛生？結果你卻願意和她去，從不帶我去。」

「月涵……」他不知該從何解釋，想乾脆將她摟進懷裡，卻被她一把推開：「在我一哭二鬧三上吊前，你快走啦。」

明道無奈看著她低頭整理著行李再也不發一語。

＊＊＊

瑪莎夫人腫脹的腳趾發紫，讓她痛得連動也不能動，每分鐘飆到１３０幾的心跳，讓她氣喘如牛的倒臥於貴妃椅上。

自監視器發覺不對勁的管家立即衝了進來，拿起桌上的氧氣罩戴到瑪莎夫人的鼻子上讓她呼吸。

「妳何苦這麼折磨自己的身體不多休息？」

她表情痛苦，在混雜的呼吸聲中，還不忘對管家交代：「別……別讓月涵落單……你抱……抱毛毛到別墅裡陪她。」

管家把她的腳抱到床上去並將它稍微墊高，按摩她的身子，語重心長的說：「就算妳再多麼賣命，妳的兒子和媳婦也回不來了，又何必如此？陷入熱戀的人，很難叫得清醒。」

「這四對戀人中，每對都有個人有不輕的心理疾病，我真的不想再見死不救，我只希望他們明白，就算分手，也不是世界末日。」

26 蜜雲、月涵　心動了嗎？

座落在老街瀑布旁的仙草餐館，東日把剝掉蝦殼的蝦子放到蜜雲的碗中，她有些受寵若驚的看看蝦子又看看他要笑不笑的表情，不明白他葫蘆裡賣了什麼藥？

根據這三天和他的相處，其實她發現，他挺大男人，不大喜歡為女人做這些細枝末節的小事。

「你哪根筋不對勁，居然會為我剝蝦子？」他第一天晚上還把全部的碗筷都丟給她洗耶，她可是記仇記到現在。

「嘖！妳看妳就是這樣，男人對妳好的時候，妳就不懂裝模作樣撒個嬌說，東日哥，我好感動喔，最愛你勒～」

蜜雲嘴裡的蝦子噴了出來，一臉想罵髒話的表情瞪著東日。「你們男人都愛聽那樣虛情假意的話嗎？要不要順便來個啾咪～」

「有啾咪更加分喔！男人就是耳根子軟，女人的嗲聲嗲氣，男人通常都招架不住。妳看我女友，男人只要做出任何動作，她都是嬌滴滴的熱烈反應，搞得全世界的男人都在喜歡她一樣。」

「所以你也中了她的毒招？」

東日搖頭嘆氣：「無法自拔～自作孽、不可活。」

蜜雲被他痴情的樣子給逗得豪邁大笑：「這二天來，知道你有多苦的人，大概只有我囉。」晨曦和別人約會，他焦慮難安的夜夜難眠，陪了他兩天的蜜雲感觸最深。

「愛的最多的那個人，總是傷得最深，也許你該趁這次機會好好放鬆自己，別再把太多注意力，放在你女友身上，說不定你們緊張的關係反而會因此舒緩。」

東日默默的灌下一杯酒，蜜雲連忙拿起杯子和他的碰杯：「喂～我在這裡耶，別無視我的存在獨自喝悶酒行嗎？」

他板著的臉，終於笑出了紋，大口將一隻明蝦塞進嘴裡，滿口蝦話的說：「其實妳和妳男友的問題，應該也就是妳不會向他撒嬌，但他又很希望妳多撒嬌想感受妳也愛他。」

蜜雲點點頭：「我其實明白，但要我撒嬌，真的不如叫我死了算了，不是真心的動作就感到很噁心，為何每樣都要巴結他？你不覺得很虛偽嗎？」

「妳不會向男友撒嬌，總比我女友處處跟別的男人撒嬌，但對自己男友卻像冰棒的好，晨曦也常說我像一隻哈巴狗巴著她。」

看著他烏雲密佈的神情，蜜雲感到有些心疼，她卻有感而發的說：「她會不會是故意做給你看的？」

「什麼？」他詫異的抬頭睨著她。

「她對男人做那些刺激你的舉動，是不是為了確定，你有多喜歡她？」

東日瞇起眼思考她的話，蜜雲被他盯得很不好意思：「幹嘛這樣看我？」

「妳真的認為晨曦是那樣想的嗎？」

「我也不知道她怎麼想？因為我還沒機會和她聊。但她或許根本搞不清自己有多愛你？不然她那麼渴望新戀情，就直接和你分手不就好了，何必吵著要來這趟旅程呢？」

「如果真如妳說的那樣，她不想分手就好了，因為我得不到的，別人也別想輕易得到。」

蜜雲訝然，覺得……東日真的很愛晨曦，還愛得有些走火入魔。

東日卻有種恍然大悟的透徹，但這種透徹，讓他疲憊的不想再執著。反倒是眼前的蜜雲，不但冷豔、不做作，再加上剛剛那番富有卓越觀察力的話，更為她增添了幾分魅力。

也許他該換個口味，換個有知性美的文靜女人，比較不用整日擔心空有外表的蠢女人，哪天紅杏出牆給他戴綠帽子。

東日突然說：「今天天氣很好，晚上看星星應該很美，等一下我們就直接過去那景點。」他凝視著她明亮的眼睛，看得有些入神。

她卻說：「但我還沒吃四色臭豆腐。」

東日臉出現三條線：「現在我宛如看到滿天美麗的星辰，卻飄來紅綠黑白四種顏色的臭豆腐……」

蜜雲又被他逗得哈哈大笑，看來，她並非如爍雨所說的，是個冰冷無趣的女人。

「你知道嗎?」她吞下一隻蝦子：「如果我剛沒吃臭豆腐的話是對爍雨說，他一定又會大發雷霆罵我沒有情調，對他辛苦安排的行程不會說感激叭啦叭啦……」

東日呵呵笑著點頭，但他已記不起若是晨曦會做些什麼反應?她這幾天，已經離他好遠好遠……

＊＊＊＊

月涵一整個早上都無精打采的躺在床上瞪著天花板，她沮喪的連手機裡喧囂的世界都覺得無趣。

門外突然傳來敲門聲，她詫異的起身，懶懶的走去開門。

「嗨，妳想跟貓咪玩嗎？我發現牠在妳房門口漫步。」耀南抱著一隻藍色眼睛的大白貓，站在月涵的房門外。

貓兒楚楚可憐的模樣，看得月涵今早的哀愁也瞬間被拋到九霄雲外去了。

「牠是打哪兒來的？一個早上都沒有看到牠啊！」

「哈哈……我也不知道，我在房裡聽到貓叫聲，走出來就看到牠。可能是喵星人，坐飛碟來的。」

月涵擼著牠的臉頰：「原來你是坐飛碟來的啊？牠是不是肚子餓了才會跑進來？」

「很有可能，不然我們去廚房找找有沒有貓可以吃的食物。」

兩人走向廚房，月涵很快便決定了食材：「我來清蒸雞胸肉和地瓜給牠吃。」

「聽起來很好吃……」耀南看著月涵拿出的雞胸肉，口水都要流出來了。

「你怎麼看起來比牠還要餓？」

「我現在才發現已經過了午餐時間。」耀南恍然看著時鐘：「太驚訝自己沒得出門約會，結果到現在都沒吃午餐。」

愧疚自月涵心底冒出：「對不起，我不是刻意不選你的。」

「沒事沒事……不是妳的錯，因為也不是只有妳沒選我而已。」自我調侃完他哈哈大笑了起來：「妳這兩天約會的對象，有好感的嗎？」

「嗯……」月涵靦腆的低下頭，臉都紅了起來：「爍雨和我男友是完全兩種不同性格的人，我男友做任何事都謹小慎微，非常陰鬱；爍雨則是憑著直覺做事，也很陽光熱情。」

「而且也很帥，對吧？若是他向妳示愛，妳會答應他嗎？」他用眼神逼她承認，她心虛的傻笑，移開目光不想正面回應，她的避不回答，讓耀南心更慌了。

「我女友今天也是跟爍雨一起出去約會，他讓我第一次有種坐立難安的感覺。」

提起爍雨和星怡，月涵心揪了一下，爍雨就是為了星怡，今天才會拋下她去約會，真希望他們今天的約會一點也不順利。

等電鍋蒸好貓食的時間，他們走回客廳，月涵抱起腳邊的白貓，坐在她的大腿上撫摸。

「你覺得你女友會喜歡上爍雨嗎？」她的指甲暗暗的陷入掌心裡。

「很難說……他看起來就像我女友常追韓劇中的偶像明星，感覺任何女人的魂都很容易被他的長相給勾走。而且我對我女友心裡在想什麼，老實說，一點也不了解，所以我們才會在這裡，她很少對我說出心裡話。」

「他不是偶像明星，他是個廚師。」

「真的！」耀南驚訝得下巴都要掉下去了：「那更慘，他可以做精緻漂亮的甜點，把女生誘惑得團團轉。」

「他挺老實的，不是你想的那樣。」耀南句句都是爍雨的壞話，月涵不知不覺替他袒護了起來。

耀南頓時明白，她是已經被爍雨勾走魂的女人，他心有戚戚，驀地想到一個問題忍不住問她：「妳男友今天是不是和晨曦去約會，妳知道他們要去哪嗎？」

月涵深深的嘆了一口氣：「他們要去泡溫泉……」

耀南冷笑：「我看晨曦穿得很性感，心情好像比和我約會時還要好。」他目光直視前方，和晨曦這兩天愉快的約會好像又在眼前重現。

「我男友有潔癖，他可能不會下水，他連游泳池都不去。」

「很難說，晨曦的身材很好，穿泳衣下水有很多身體接觸的機會。」

月涵有些難以想像的睨著耀南，她的明道，才不是那種好色之徒。

「所以……他不曾帶妳去泡過溫泉嗎？」他突然對她感到好奇，好奇她為何會得憂鬱症？

「我說過他是謹小慎微的人，所以有很多事他都不喜歡做。」

「也就是他不喜歡做的事，妳也同樣不能做，是那樣嗎？」

月涵黯然無奈的點頭，發現耀南是個入世很深的男人，看待世事也敏銳犀利。

「跟有潔癖的人生活其實很辛苦，他們通常比憂鬱症的人還要難搞。」

月涵懷裡的貓發出一聲慘叫，隨即從月涵膝上跳離，還回頭瞪了她一眼。

此時耀南的手機響起，他接起電話後，便自顧自的起身走回房間聽電話。

月涵又有種被拋棄的感覺，而且還是被羞辱了一番後才被拋棄。

27 星怡、晨曦 心動了嗎？

星怡頭上滿是青綠、金黃、橘紅交錯的楓色，風起，飄下零零落落的楓葉雨，她忍不住伸出手想接住五彩繽紛的楓葉，卻怎麼也接不到，爍雨驀地按住她的肩膀說：「不要動。」

他從她的頭上撿了一片遞給她，她才恍然身邊的人，不是平常熟悉的那一個。

今天耀南沒有約會，但她，卻和一個大帥哥在這麼浪漫的楓葉森林裡漫步，感覺好不真實。

「妳是做什麼工作的？」

他剛剛那樣深情款款的看著她，以為他就要吻她了，心中小鹿不禁亂撞了一番。

「我……我是護士。」他那雙會迷惑人的眸子，連森林都要被他給施法降服了。

「護士！妳是護士？」

「幹嘛那麼驚訝？不然你覺得我應該是做什麼的？」

「看妳溫良賢淑的樣子，我一直以為妳是專櫃小姐或做服務業，沒想到妳是拿著針筒專業打人的護士。」

「專業打人？」星怡笑道：「我還真的是第一次聽人這麼形容護士。你呢，是做什麼的？」

「妳覺得呢？」他高高的身子突然向她傾去要她猜，她都可感受他暖暖的呼吸打在她臉上，心臟瞬間停住。

「是……是模特兒……還是網紅之類的？」她意會到自己竟結結巴巴的像個笨蛋一樣。

「喔！為何妳會那麼想？」他變得有些孩子氣的興奮。

她不拐彎抹角直言道：「因為你很帥啊！」她靦腆的連忙把視線移開，若再看久一點，她也許都不想走出這座五顏六色的魔幻楓林了。

「我其實是廚師。」

她停住腳步，然後傻笑：「那你可以當個廚師網紅囉。」

「妳笑起來有點像蜜雲……」他突然天外飛來一筆，星怡有種從夢中被搖醒的錯覺，難不成從進入這片森林之後，他都一直覺得自己是在和蜜雲約會？

他一直在想著他的女友，就算不在身邊。

「妳生氣了嗎？」

星怡是有些吃味，但仍搖頭，她看得出他們其實深愛著彼此。她連忙找他感興趣的話題聊：「我只是想起昨晚氣炸的蜜雲。」

「昨天她有跟妳聊什麼嗎？」

「昨天你和蜜雲吵得好兇，她好像幾乎被你氣得半死，晚餐也沒吃幾口就跑去找瑪莎夫人諮詢，回來後乾脆把你全面封鎖。」

「喔！瑪莎夫人對她說了什麼才讓她封鎖我？」他顯得迫不及待想聽。

「她沒說，只是諮詢回來後好像看開多了，東日就約她一起出去散步。她和東日的個性似乎挺相近的，東日也能體諒她的冷漠，說她即使不想把感情表現出來也無妨。」

諮詢後看開多了？看開了什麼？東日對蜜雲說那些話有何企圖？他不是一心都在晨曦身上？

爍雨原本愉快的神情驟然變色，像他們頭頂上的楓葉，嫉妒瞬間奪走了他心情上的色彩，星怡雖察覺到不對勁，卻選擇不動聲色，繼續徜徉於有他相伴的水光楓畫中。

爍雨趁星怡去上廁所的空檔打視訊給瑪莎夫人，瑪莎夫人看到爍雨的來電，拿下戴在鼻子上的氧氣罩才按下接聽。

「瑪莎夫人，請問昨晚蜜雲去找妳時，妳跟她說了什麼？」

瑪莎夫人嗅聞到一股火藥味，調整呼吸後，緩緩地說：「她不知打哪得知我就住在別墅塔樓裡，她一上來就氣沖沖的質問我為何要做第二夜那樣的安排？對於你再次選擇月涵十分在意。」

爍雨繼續問：「然後呢？」

「我告訴她，她就算沒有入住木屋，若能把握身邊的人，也一樣是在約會。」

「所以……是妳鼓勵她多接近東日？」爍雨只選擇他想聽的部份聆聽。

「昨晚別墅裡不只有東日一人，和誰親近，那是她的選擇。」

「結果她今天又選了東日，那不就代表她對他有好感……」他已經不敢再繼續想下去，難不成昨晚兩人感情好不容易有了進展，又要在今天灰飛煙滅了？

「她也許在東日身上找到你沒有的優點，但相同的，她也會在他身上找到你沒有的缺點，能夠接受彼此缺點而非一直挑剔對方的情侶，比較能夠存活下去。」

這話聽在爍雨的耳裡相當刺耳。

星怡站在爍雨身後不遠處，等待他和瑪莎夫人的談話結束。她很羨慕大家有心事都有說出口的勇氣，但她的心事和想法，每每到了喉頭就哽住而無法向他人傾訴，對耀南更是辦不到。

這樣無法自在說出心裏話，其實是始於一場嚴重的自撞車禍，多年前……她在車上對開車的前男友說出心裏的不悅時，他竟暴怒與她起了嚴重爭執，最後男友不但打了她，還失控撞向高速公路護欄，身受重傷。

星怡一直無法從那件意外的創傷中走出。

＊＊＊

周身被42度的重曹泉給擁抱，只穿著一條泳褲的明道躺在陽台的躺椅上，房間的檜木在溫泉的蒸騰下散發著淡雅的清香，前方還有層層疊疊的山巒，聽說下過雨，還可看到提燈的螢火蟲漫飛，可惜現在是冬日。

浴室傳來晨曦的淋浴聲，以一種催促心臟加速跳動的節奏在緩慢的流動著。

驀地，水聲停了，明道驚豔的盯著從浴室走出的晨曦，線條流美的泳衣，把她魔鬼般的身段烘托的凹凸有致。

她若出水芙蓉的向他走去，隨著那逼近的柳步，明道越發不知所措的坐起，她卻看著前方的山景，幾近誇張的驚呼：「這裡好美啊！若是能在這過夜的話，一定能留下美好的回憶。」

她話還沒說完，已像個小女孩般，雙腳往池裡一伸，噗通地跳進溫泉裡，激起的水花飛落在吹彈可破的雪膚上，傲人山峰幾乎呼之欲出，明道看得出神，還未進入溫泉，臉已通紅。

「明道，快點進來啊！你說不喜歡泡大眾池，所以改訂了兩人湯屋，你不會連我也嫌棄吧？」

明道趕緊起身，面帶癡呆的傻笑：「沒有沒有……怎麼會嫌棄妳。這是含有碳酸氫鈉的美人泉，以pH7.0～7.4的弱鹼性微溫，對皮膚的保養效果最佳，可清潔皮膚、有軟化角質層、促進皮膚的新陳代謝，彷彿浸在天然的化妝水裡，還能改善呼吸器官疾病……」

晨曦嘻地一聲游向他，猝不及防的已拉住他的手臂：「看你都語無倫次起來，說了這麼多的好處還不進來？跟我在一起你真的感到很緊張嗎？」

「沒……沒有啦……」明道被她半推半就的跨進原石砌成的溫泉，一不小心竟摔進她溫柔宏偉的胸脯上。

「對不起……」明道連忙自她的懷中挺起身子坐定，晨曦卻竊笑了起來，不以為意地的趴在石頭上，看著天上的藍天白雲，她生性就是容易和人打成一片。

「妳……」明道有些猶豫該不該問：「妳今天為什麼會想約我？我以為妳會約爍雨或繼續和耀南在一起。」

她拐彎抹角的吊他胃口：「約你不好嗎？」

「不是不好……」明道臉更紅了。

「我也想多了解你啊。」其實她是想擺脫東日在所有人面前說她，來這裡是為了熱衷於找男人，他總是能在眾人面前不給她台階下。

換她好奇問：「你為何覺得自己無法給女友快樂？」

明道頓住，陷入沉思後才說：「因為她覺得我是個無趣的人，對很多事有很多的禁忌。」

「像今天你不肯入大眾池這種嗎？」

「嘶～」明道很不好意思的點頭：「是啊，類似這種……」

「其實這也沒什麼，」她聳聳香肩：「有些問題轉個彎，不就解決了，你看我們今天還不是順利泡了湯？」

「也是。」明道靦腆的笑了起來：「但我今天有預訂香檳和燭光晚餐，妳想泡完湯直接在這裡看著星星吃，還是到外面有巴里島風味的庭院裡享用？」

「真的有獨光晚餐？」晨曦興奮的拍手熱切道：「你的有趣，會不會是因人而異才會發揮？」

明道笑得更加尷尬了，但也不禁想，真的是這樣嗎？

「我們到外面的庭院吃吧，剛剛經過時真的很有巴里島風，那裡應該也看得到星星。」

「這次旅程結束後，妳和妳男友分手的機率會有多高？」他驀地想起昨晚東日為她坐立難安的模樣，還有眼瞼下浮腫的黑眼圈。

她原本愉快的臉色驟然一沉，反問他：「我真的看起來很想分手的樣子嗎？」

明道不想說謊，於是點頭：「昨晚有稍微和東日聊一會，他似乎決定不管用什麼方法，都想要挽留妳。」

「他……怎麼說？」晨曦吞吞口水，臉色浮上一絲驚恐。

「他只說絕對會想盡辦法，不輕易和妳分手，眼中爆發著恐怖的怒火，然後就起身跑去找瑪莎夫人諮詢了。」

「我就是快受不了他偏執的個性，才會來這裡的，也許他懂得對我放開一些，我還能和他繼續走下去，但他卻像瘋了般的黏著我不放，在一起時，總是無時無刻想知道我的感覺和想法，若是沒回應他就會惡言相向，我真覺得我快喘不過氣了。這兩天和耀南哥約會，全程只有浪漫和輕鬆，完全沒有壓力，好久沒有那樣了。」

「呃……」明道怎麼感覺晨曦口中的東日好像恐怖情人，但昨晚和他聊時，覺得他應該沒有晨曦口中的那麼激烈，也許是旁觀者清吧。

「這麼問可能不適合，但妳來這裡，該不會真是為了要擺脫他的？」

晨曦迷濛的雙眼突然一亮，他好像說進了她的心坎裡。

28 第三次約會效應

月涵無助的於視訊上對瑪莎夫人說：「瑪莎夫人，我不知道該如何是好？我好像已經無法像以前那樣，愛著明道了。」

「是因為爍雨的關係嗎？」

月涵黯然點頭，停頓了一會兒才說：「他一直在我腦中徘徊不去，雖然我明知他對我沒那種感覺，但是……我就是停不下來想他。我也不想傷害明道，我該怎麼辦？」

「妳會對爍雨著迷那是正常的。畢竟他高大帥氣又會做菜，也許還會做女生最愛的甜點，沒有一項不是少女的必殺特質，妳若沒有心動，才要叫人憂心不是？但是著迷，並不一定就是愛，那常常只是曇花一現的迷戀罷了，就像迷戀偶像明星一樣。」

「但他看我的眼神，和與我相處時的各種體貼的舉動……我一直自問，那真的只是出於同情我有憂鬱症嗎？」

「那麼爍雨的溫柔和他的好，和明道的有何不同？」

「明道……他……」明道對她的好更是無可挑剔，處處只為她著想，她心揪痛了起來。

「為何爍雨好到讓妳想拋棄明道？」

「我沒有要拋棄明道——」

「若是沒有妳又何必那麼痛苦？」

瑪莎夫人一針見血的點中月涵的問題核心，她頭皮突然一陣發麻，她只是不想再回到過去一而再、再而三的重覆打滾在憂鬱症發作的深淵裡，她不自覺的搖頭，和明道在一起似乎又會回到原來的生活模式。

「我們來說說妳一開始來此的目的如何？妳除了不想傷害明道和辜負他之外，還存在著妳來這裡之前對他的那份堅定嗎？」

瑪莎夫人看她搖頭倒吸了一口氣：「妳覺得妳來這裡後變了，如果明道也改變了呢？」

月涵眉頭皺了一下。

「為了讓妳變得更健康，明道也在這裡找到了改變自己的方法，妳仍要離開他嗎？」

月涵變得面無表情，內心好像正在跟自己糾纏不清。

「我們再來談另一道更重要的問題，寫作。」

「寫作？」

「對，這可能是妳所有問題的核心，如果寫作已為妳帶來難以承受的壓力，何不先暫時收筆，休息一段時間讓腦子沉澱一下，也可以趁機邊工作邊充電，為下一本復出蟄伏。」

月涵滿腦子，依然是爍雨，明道彷彿已成了局外人，至於寫作……真的是所有問題的核心嗎？

＊＊＊

將近晚餐時間，餓壞的耀南敲了月涵的房門，但她遲遲沒有應門，耀南心一緊，擅自開門走了進去。

「月涵……月涵……」他搖了搖床上的她，她終於睜開了眼睛，那讓耀南鬆了一口氣，以為她做了什麼想不開的事。

「要帶貓咪一起去兜風嗎？」

月涵這才發現，那隻白貓披在他的肩頭上，還對她中午捏牠記恨的喵了一聲。

「他們都還沒有回來啊？」

耀南有些惆悵的點頭，但隨即興奮的說：「敞篷車沒有被開走，我們帶貓咪去兜風，順便吃晚餐如何？我其實是個業餘的賽車手喔。」

「喔～業餘的～？」

「業餘的也很厲害好嗎？等會兒妳就不要求饒喊著要下車。」

她仍打不起精神的說：「喔～我換個衣服。」

＊＊＊

約會的伴侶都陸陸續續回到瑪莎夫人的別墅，爍雨才剛走進房門，就收到一則『是否要看今天戀人約會影片』的通知？

爍雨倒吸了一口氣，毫不遲疑的就按下〝要〞。

東日：「其實妳男友希望妳多撒嬌，他只是想感受妳也愛他。」

蜜雲：「我其實明白，但要我每件事都撒嬌，真的不如叫我死了算了，不是真心的動作就感到很噁心，為何每樣都要巴結他？你不覺得很虛偽嗎？」

爍雨的臉色越來越僵。

蜜雲也收到了簡訊，她累得想按下〝不要〞，但她又很想知道爍雨私底下怎麼和別人說她，還能從訊息中得知，這三天來他們關係到底有沒有獲得改善？

她按下〞要〝，但她只收到爍雨從星怡的頭上拿下楓葉後，向她傾身而去的幾張照片，兩個人的臉貼得好近，叫人有臉紅心跳的初戀感覺，蜜雲卻覺得還好，只是捕捉到的一瞬間畫面。

但她一進別墅的房間，就見到爍雨怒氣沖沖的坐在床尾等著她，不待她開口問怎麼了？他已先發制人。

「巴結我很虛偽？妳哪有每件事都巴結我？原來和我談情說愛會讓妳覺得很虛偽？只是要妳偶爾表現一下妳也喜歡我那麼痛苦嗎？」

一進門就被莫名炮轟，蜜雲傻眼的怔在原地，許久才恍然那是她今天和東日說的話，他一定也收到訊息才會大暴走。她精疲力盡的盤腿坐到椅子上，覺得他的性格越來越反覆無常，她真的快受不了了，無時無刻都像在洗三溫暖。

「妳知道嗎？我和月涵約會的那兩天，她向我撒嬌的次數，比妳跟了我六年還要多——」

「他媽的又是月涵！」他讓她的理智瞬間斷線。

「對，就是月涵怎樣？她比妳善解人意且有女人味。」

「那你去跟那個有憂鬱症的怪胎交往好了——」

蜜雲一怒之下口無遮攔，扭頭就離開房間。她走到別墅大門玄關時，正好撞見月涵，她拿著手機怔在那兒一動也不動，但氣頭上的蜜雲，一點也不在乎自己剛剛罵她怪胎的話有沒有傳到她的耳裏，瞪了她一眼後就逕直走出了別墅。

月涵的手機也收到了簡訊，她麻木不仁的點開簡訊：

晨曦：「你為何覺得自己無法給女友快樂？」

明道：「因為她覺得我是個無趣的人，對很多事有很多的禁忌。但我今天有預訂香檳和燭光晚餐，妳想泡完湯直接在這裡看著星星吃，還是到外面有巴里島風味的庭院裡享用？」

晨曦興奮道：「你的有趣，會不會是因人而異才會發揮？」

月涵感到眼前有星星在發亮……

＊＊＊＊

東日低頭看收到的訊息：

晨曦：「我就是快受不了東日偏執的個性，才會來這裡的，也許他懂得對我放開一些，我還能和他繼續走下去，但他卻像瘋了般的黏著我不放，在一起時，總是無時無刻想知道我的感覺和想法，若是沒回應他就會惡言相向，我真覺得我快喘不過氣了。這兩天和耀南哥約會，全程只有浪漫和輕鬆，完全沒有壓力，好久沒有那樣了。」

東日看著她裸露的乳溝與光溜溜的手臂，和明道緊貼著，兩人一起趴在溫泉池畔邊，抱怨他像鬼似的黏著她不放。

耀南！她好像已對他著了魔了。

但她說的那些話對東日已經沒有任何意義，滿腦子只有她在男人面前，毫不羞恥地袒露乳溝的畫面，只要有任何勾引男人的機會，她就一定迫不及待展露那副姣好的身體，賤女人。

回到別墅的晨曦，一開房門就見到坐在床尾的東日，他不像這幾天一直板著一張臉，反而一派輕鬆的蹺著腳，破天荒的問她：「今天泡溫泉玩得愉快嗎？」

「還不錯……」他態度乍然丕變，反讓她感到很不適應，一時不知如何應對，索性躲進廁所，低頭沉思了一下，才按下剛剛收到的簡訊通知：

東日：「妳不會向男友撒嬌，總比我女友處處跟別的男人撒嬌，但對自己男友卻像冰棒的好。」

蜜雲：「她會不會是故意做給你看的？她對男人做那些刺激你的舉動，是不是為了確定，你有多喜歡她？」

「妳真的認為晨曦是那樣想的嗎？」

「她或許根本搞不清自己有多愛你？不然她那麼渴望新戀情，就直接和你分手不就好了，何必吵著要來這趟旅程呢？」

「如果真如妳說的她不想分手最好，因為我得不到的，別人也別想輕易得到。」

晨曦向後退了一步，肩膀靠在冰冷的牆面上，腦子陷入一片空白。

「晨曦，可以出來談談嗎？」廁所門外傳來東日的聲音：「如果分手能讓妳比較快樂，那就結束吧，這段感情，我已累到不想再做任何努力了。」

這時，外頭傳來蜜雲和爍雨又在大吵的聲音，隨即是蜜雲甩門走出房門，東日想都不想就追了出去。晨曦愣然一愣，東日要去哪裡？沉思了一下才恍然，他該不會是去追蜜雲了吧？他去追她幹嘛？剛剛他向她提分手？他不會是……愛上蜜雲了吧？

晨曦覺得身子一空，好像有什麼重要的東西被人給搶走了，她失魂落魄的也追出房間，但東日和蜜雲並不在客廳，外頭傳來車子的發動聲，她跑到外面查看時，東日和蜜雲竟已開著一輛車揚長而去。

29 一波未平一波又起

看著爍雨把星怡頭上的楓葉拿下來的照片，星怡那雙睨著爍雨的愛慕眼神，讓耀南心情跌落谷底。停好車，踏著忐忑不安的步伐回到別墅，卻在門口見到自屋裡衝出的晨曦，她神色慌張的連耀南跟她打招呼都沒理會，逕自的跳上敞篷車。

耀南連忙跟了過去並叫住她：「晨曦……晨曦……這麼晚了妳還要去哪裡？」

晨曦這才回醒似的看著耀南。

「妳要去哪？要我陪妳去嗎？」耀南不放心她一個人這麼晚在深山開車，於是打開副座探頭問她。

「耀南哥……」她反手抓住車外耀南的手問：「老實告訴我，這兩天我們約會時，你曾對我心動過嗎？」

耀南對她猝不及防的問題一怔，他沒想到她會問得這麼直接！

他結結巴巴：「我想……我們應該是很談得來的朋友……」話還未畢，他自車窗看到星怡站在敞篷車不遠處看著他。耀南心一緊，她神情哀傷，似乎他再這麼一走了之，就再也挽回不了她。他今天等了她一整天的焦慮，讓他徹底了解星怡對這段感情究竟在不安什麼？

晨曦黯然咬住下唇，道：「去找星怡吧，她在等你……」

耀南看得出晨曦原本帶著期許的表情一沉，他放棄上車，關上門後，晨曦立即發動車追東日而去。

耀南走向星怡，她已淚眼婆娑的快步走回自己的房間，耀南緊隨在後。她突然停住回頭說：「晨曦才和明道約會回來，你就迫不及待的要和她出去約會？」

她今天沉思了好久，鼓起勇氣來參加這趟旅程，無非就是想要學會如何說出心裏的感受，她總是害怕和耀南吵架，每每話都哽在喉頭，又被她硬生吞了回去，再顧左右而言他。

她不想再這樣一直活在多年前那場車禍中。

瑪莎夫人告訴她，她得先相信「會發生那些事不全是妳一個人的錯，妳不能一味的責怪自己。如果當下無法把心裏話說出口，可以選擇雙方都冷靜後的適當時機，再把心裏的話坦白說出來。」

今晚，她得跨出這一步。

耀南驚訝的看著星怡，他沒想到她會那麼生氣的指責他，趕忙解釋：「我不是要和晨曦去約會，是她剛和東日吵完架，這麼晚了還打算一個人上山，不知要去哪？」

「你有想過我一回來就得知你和晨曦又一起出去，會怎麼想嗎？我會不會也一個人跑去山上找你？」

「妳……不會那麼做吧？」

「為什麼不會？你說〝晨曦比我還了解你〞一事，我其實非常在意，難道你感覺不出來嗎？」

「我知道……因為妳早上有提到……」

她截斷他的話：「你總是非常替他人著想，卻從來也沒想過我的心情，不管是誰需要你，你就可以輕易的拋下我離開，這就是我很不安的地方，尤其是你可以毫無顧忌的拋下我的生日去參加你姐的生日宴，每年我都覺得，我在你生命中到底算什麼？」

哽了多年的話，今天竟一口氣全吐出，連星怡自己都感到很驚訝。但一說完她立即感到不安，盯著耀南的表情，看不出他現在究竟是生氣、傷心亦或是了解她的感受？

＊＊＊

明道急迫的敲著爍雨的房門：「爍雨，爍雨請你開門……」

爍雨一開門，明道就急如熱鍋螞蟻問他：「我找不到月涵，你有看到她嗎？」

爍雨漠然地說：「我沒見到她，她不是我今天約會的對象。」蜜雲的事已讓他煩透，他剛剛又一時失言提到月涵，把好不容易和蜜雲有點進展的關係又給搞砸了，他懊悔萬分。

爍雨提到月涵的淡漠口氣，讓明道想一拳揍向他。

聽到他們對話的星怡，走出房門說：「我剛剛看到她哭著往樓上跑。」

爍雨疑惑：「往上樓跑？」

「是去找瑪莎夫人嗎？」耀南疑惑看向星怡：「妳剛也有上樓去找瑪莎夫人？」

星怡點頭。

明道：「月涵在哭？」

耀南：「我幫你問瑪莎夫人月涵有沒有上樓？」

爍雨始終低著頭沒告訴明道，蜜雲剛剛出口傷害月涵的話。

明道：「不用了，我直接上去找她。」

三個人靜靜的坐到客廳等待明道和月涵下樓時，東日和蜜雲正好回來，兩人肩並著肩走進來，看在爍雨的眼裡好不刺眼。

爍雨坐立不安的自沙發上蹭起，對正走向客廳的蜜雲說：「我想和妳談談……」他不懷好意的瞪了東日一眼，東日尷尬的坐到空的沙發一隅。

蜜雲斬釘截鐵回道：「我跟你已經沒什麼好談了。」

爍雨盛怒：「妳什麼意思？找到新的男人了，所以妳想分手了？」

東日無辜解釋：「我們只是一起出去吹吹冷風，讓心情穩定……」

蜜雲正要啟口，外面卻傳來具大物體墜落聲，眾人為之一怵！

星怡駭然跳起：「該不會是月涵……」

大家起身一窩蜂的往外跑去，庭院的水泥地上，躺著一具摔得四分五裂的陶瓷雕像，大家正慶幸虛驚一場時，抬頭卻看到月涵觸目驚心的站在塔台欄杆上！

爍雨憤怒的指著蜜雲大吼：「都是妳罵月涵是怪胎才會變成那樣！」

蜜雲怔在原地，其他的人都趕忙跑上塔樓幫忙。

＊＊＊

「妳不該要明道大聲的說出我有憂鬱症！妳不該那樣慫恿他的——我已經成了他們眼中的怪胎、嘲笑的對象——」月涵對瑪莎夫人斥責怒吼。

瑪莎夫人毅然反問她：「別人說妳是怪胎，妳就認同自己是嗎？」

月涵恍然縮了縮下頷。

瑪莎夫人：「錯不在於大聲說出自己得了什麼病，錯的是拿他人病痛當攻擊目標的人。」

趕到塔樓的爍雨，驚恐的看著站在女兒牆上的月涵，她有些無地自容的望向他。

明道趁她不注意小心翼翼的更加靠近欄杆：「月涵……妳來這後已經跨出好大一步了，妳甚至能和陌生人一起過夜和聊天了不是嗎？那比妳一年來連門都不敢踏出進步了好多。」

其他人也陸續上來。

蜜雲汗顏的說：「對不起月涵，那只是我一時氣昏頭無心的話，我從來也不覺得憂鬱症是怪胎，因為爍雨也有躁鬱症……總之若有心理疾病是怪胎，那滿街都是了。」

趁著月涵盯著蜜雲解釋的瞬間，明道一把拉住月涵的手卻滑脫，爍雨敏捷的一手推開明道，一手將她拉下，本來向後仰的月涵應聲被拉進了爍雨的懷中，兩人四目交望，心臟噗通噗通跳得更加厲害，看得蜜雲更加無地自容，好像是她為他們創造良機。

30 塔樓之夜

驚魂稍定後，瑪莎夫人沙啞的嗓音自大家的背後傳來：「既然大家都上來了，就直接到我的寢室談談吧。」

除了晨曦，全部人圍坐在瑪莎夫人歐風裝潢的客廳中，大家詫異的看著滿室全是維持瑪莎夫人生命的醫療器材，不敢相信眼前的瑪莎夫人，是個已病入膏肓的老人，可是，她看起來精神還挺好的。

瑪莎夫人遞了一顆鎮定劑給月涵，要她睡前吃。

「對不起，讓大家擔心受怕了。」明道愧疚的代月涵向大家道歉。

月涵全身顫抖依偎著明道，神情木然的呢喃：「至少兩年……我決定回去後，至少休息兩年，才要繼續寫小說。我可能就是一直執著於寫不出好東西，才會被逼瘋，結果什麼事都做不好。」

明道十分驚訝的看著她，然後看向瑪莎夫人。

瑪莎夫人予以肯定的點頭說：「創作這種藝術本來就不是急得來的，慢慢琢磨，才能打造出曠世名著。」

月涵看著明道繼續說：「如果你想因此離開我也無妨，看了你為晨曦準備的約會後，我想……害你成為無趣的人，應該是我。」

明道緊抿著唇不發一語。

窘迫的情況，爍雨還對蜜雲火上加油：「都是因為妳一時失言才會差點釀成大禍，妳生起氣來總是口無遮攔。」

「我明明就已經跟月涵道過歉了，為什麼你現在又要重提？」

「妳會向別人誠心道歉，但妳從來就不曾真心向我道過歉。」

「我到底要為什麼事跟你道歉？」

「妳對東日說向我撒嬌是巴結很虛偽那件事……為什麼妳有那種感覺不直接對我說，要跟他說？好像我是個愛聽假話的蠢蛋。」

「這有什麼好……」

「爍雨，」瑪莎夫人伸手阻止蜜雲的反駁：「如果現在時光倒流，蜜雲是直接把那些話對你說，不是對東日，那麼，你會如何回答她？」

爍雨一時反應不過來，結結巴巴的回答：「我……我會反問她……為什麼要她向我撒個嬌、對我表示出一點愛意那麼痛苦？」

「爍雨，你大概沒有發現，你每次對蜜雲說話的字里行間中，幾乎全部都是妳怎麼這樣、妳從來沒做對過一件事……這種否認與責備的口吻。」

「我……我哪有？」

找到認同的蜜雲，興致勃勃的想對瑪莎夫人附議，瑪莎夫人再次伸出手示意她等等。

瑪莎夫人播放了蜜雲和東日在老街吃臭豆腐的對話，當東日介紹完他安排的行程後，蜜雲卻滿腦子只想著四色臭豆腐沒讚美東日，畫面停在蜜雲說要吃四色臭豆腐那幕。

瑪莎夫人反問爍雨：「如果是你，你會對蜜雲接什麼話？」

爍雨想也不想的拉長了臉：「吃臭豆腐有比我接下來辛苦安排的行程重要

嗎？怎麼會有那麼不知感激的人？」

瑪莎夫人挑高眉：「你看是不是又〝怎麼會〞？滿是指責。」

爍雨頓時啞口無言。

瑪莎夫人：「不斷指責他人，是為了想讓自己獲得認可和尊重，但那同時像一隻遇到危險時的刺蝟，無暇顧忌被指責者的感受，先把刺扎出去以暫時緩解自身的緊張和焦慮，但卻傷害了周圍的人。

「這種不良的溝通方式，卻會讓被指責的人痛苦萬分，而指責者所感受到的滿足，也往往只是暫時的，焦慮和痛苦依然存在，所以下次，你又再度指著蜜雲的鼻子數落她的不是。於是你們兩人每次一談話，就周而復始的一再陷入沒完沒了的爭吵。」

爍雨很不甘心的吞吞口水問：「那……那麼……東日後來怎麼回答蜜雲？他們沒有吵起來嗎？」

瑪莎夫人按下繼續播放：

東日：「現在我宛如看到滿天美麗的星辰，卻飄來紅綠黑白四種顏色的臭豆腐……」

爍雨張口結舌的不再發一語。

瑪莎夫人嘴角淡出一笑：「有時候幽默感，可以把劍拔弩張的兩個人，變成刎頸之交。」

爍雨高大的身影卻驀地站起，不悅溢滿他整張俊容：「瑪莎夫人，妳現在是在鼓勵他們兩人在一起，是嗎？」語畢，他轉身離開瑪莎夫人的房間。

蜜雲重重的嘆了口氣，看來江山易改，本性難移。

東日也板著臉，直接開門見山的說：「瑪莎夫人，我感覺妳似乎都是在促使我們分手，而非要我們還能牽著手離開這裡。」

瑪莎夫人語重心長道：「我只是在這裡創造了一個小型的大千社會，模擬你們的戀人在分手後的情境。這些都是考驗你們感情牢不牢靠的激素，如果經過這些考驗後證實了你們真的不適合在一起，分手，難道不是對彼此最好的選擇嗎？」

大家默不作聲。

瑪莎夫人：「愛一個人並不一定就要擁有對方，即使只是朋友，也能繼續愛他，放手其實沒有你們想像中的那麼困難。」

東日儼然道：「如果我愛一個人，我就非得完全擁有她不可。」他瞪向耀南：「我從來就不是那種會祝福所愛和他人白頭偕老的人，是個心胸特別狹隘的男人。」

東日也轉身離開，耀南被他瞪得背脊發涼。

這時星怡才突然說：「晨曦好像一直都沒回來……」大家一陣面面相覷。

一股無力感讓瑪莎夫人勉強撐起的精神頓失，大家都下樓後，她精疲力竭的倒於貴妃椅上。

31 回到第四天

「是誰先發現瑪莎夫人死在塔樓的？」刑警柯震的聲音，把所有人的思緒從三天前拉回。

東日首先打破沉默解釋：「我們今天遲遲都未收到瑪莎夫人傳給我們任務的簡訊，才懷疑她是不是在塔樓出了什麼問題？」

明道補充：「嗯，畢竟她滿室都是藥和醫療器材，身體狀況似乎很差，於是我和東日就一起上樓查看，發現瑪莎夫人竟已臉色發紫躺在床上死了。」

「所以其他人……」柯震沉著嗓音問：「也都在昨晚塔樓的集體諮詢後，就再也沒見過她了？」

「是的。」其他人異口同聲回答。

東日眼神有些飄忽：「昨晚我下樓回房後就睡了。」

大家也紛紛跟著說是，只有裹在毛毯中的晨曦，若有所思的低頭不語。

蜜雲：「來山莊的這三天，我們幾乎都沒和瑪莎夫人見面，只有昨晚例外。」

晨曦卻充滿敵意的凝視著蜜雲：「妳不是來的第二天就曾跑上塔樓找瑪莎夫人，為何妳會知道瑪莎夫人住在塔樓裡？」

蜜雲泰然的解釋：「因為她傳給我們的影片裡，分秒不差的也響著同客廳這裡的鐘聲。」晨曦想嫁禍蜜雲謀殺了瑪莎夫人的如意算盤，立即被打破，月涵則驚訝蜜雲的敏銳，那是爍雨迷戀她的原因之一嗎？

柯震瞇起眼疑惑的看著這四對情侶。「所以你們來這不僅僅是參加瑪莎夫人的感情諮詢，還有……互相交換伴侶？」

大家暗暗看了看每個人後才點頭。

鑑識人員跑來對柯震耳語：「震哥，瑪莎夫人本身罹患肺腺癌，目前看起來是心臟衰竭導致血氧濃度過低，缺氧致死。她行動不便，大概是來不及起身吸氧氣瓶。」

柯震卻覺得案情可疑，如果她早就有缺氧問題，為什麼上床前會把救命的氧氣瓶放在貴妃椅旁？且這八位男女若只是單純來此諮詢感情就罷，彼此間還進行過伴侶交換，那必定會牽扯出複雜的愛恨糾葛。

瑪莎夫人的死，真的與他們無關嗎？他們看著彼此的眼神，充滿著重重的疑點。

一名警員又在柯震耳邊報告：「震哥，整棟別墅安裝了起碼十支以上的監視器，但錄製的總機不見了。」警員還遞了一疊資料放到柯震的手中，柯震翻了翻，那是這八個人的資料和病歷。

看完八人資料，柯震再也無法認為瑪莎夫人的死，單純只是心臟衰竭造成的。

東日有偏執的危險情人傾向；爍雨和月涵都有心理病，月涵還有自殺前科；星怡竟有暴力前科；明道曾有嚴重強迫症，難怪他們需要到瑪莎山莊進行諮詢。

柯震對客廳的人說：「我需要和你們每個人單獨談談……」他看向星怡

說：「你留下，其他人請先回自己的房間。」

眾人面色凝重的離開，星怡開始忐忑不安的瞧著道貌岸然的柯震。

柯震嚴肅的坐到她對面：「現在只剩下妳一人，妳要不要說說，昨晚你們和瑪莎夫人諮詢完後，究竟發生了什麼事？」

「諮詢完我就下樓回房了，所以我並不知道塔樓裡後來發生了什麼事。」

「是那樣嗎？妳沒有其他想坦白的？」

「嗯……說真的，昨晚的諮詢有點不歡而散，明天就要結束這段旅程了，但大家似乎都還沒有找到解決問題的方法，諮詢的效果不佳。」

柯震表情更加嚴厲的傾向她：「妳應該知道，這裡到處都安裝了監視器吧？」

星怡縮了一下，但隨即鼓起勇氣說：「既然有監視器……還是請您去查看錄影，不就能知道昨晚這裡發生了什麼事？」她有些結巴的試探他，警方是不是把他們昨晚刪除的影像，全都復原了？

「如果沒有發生什麼事，你們為何要把監視器錄下的影像給刪除？」

星怡被反詰問的啞口無言。

「要恢復被刪除的影片，並不是很困難的事，我勸妳在它復原前，把真相說出來，對妳比較有利。」

星怡緊張的嚥著口水，許久才說：「昨晚下樓後，我本來要回房睡了，但東日叫住我，他因為晨曦還沒回來感到十分焦慮，於是我就陪他坐在酒吧喝酒等晨曦……」

下樓後，耀南面無表情的回頭睨了吧台旁的星怡一眼，就默不吭聲的獨自走回房間，星怡搞不清，他是在氣她稍早對他吐露生日的事？還是氣她和東日在一起喝酒？

「這幾天，妳男友和我女友走得最近，近得我都忘了我是和誰一起來的？」東日逕自的幫星怡倒滿了酒杯。

「我知道……」星怡悶悶的自己喝了一大口。

「剛剛我和蜜雲開車出去吹風時，晨曦是不是本來也要和耀南一起出去？」

說到這事，星怡喉頭像哽到一根刺，她盯著杯底點頭嗯了一聲：「但耀南一見到我站在門口，就打退堂鼓沒坐上晨曦的車。」她自嘲一笑：「所以我是不是該欣慰，我的這段戀情可能還有救？」

「妳確定耀南沒跟她去，就代表他們對彼此沒有感覺？」東日碰了星怡的酒杯勸酒後，也大口喝光自己整杯的酒。

「晨曦好像對妳男友非常有好感，是這裡所有人當中她最中意的一個。」東日又替星怡見底的杯子倒滿酒：「她說光是耀南在她身旁，她就覺得非常有安全感，但我卻從來沒給過她那樣的感覺。」東日發酒瘋似的大笑：「枉費我為她做過那麼多，卻被她批評得一文不值，耀南好像還給過她什麼承諾？」

「承諾？什麼承諾？」憤怒冉冉而升，再加上酒精的加持，那股熱好像要自她背後燒起來了！

「我就是不知道才問妳！」

「我也不知道啊！」難不成耀南剛剛不是在生氣，而是急著跑回房準備去找晨曦？她索性拿起整瓶酒灌了起來。

「晨曦只要一撒嬌，就很少有男人擋得住。」

「你別再說了，晨曦應該很快就會回來了……」星怡怒不可遏的將酒瓶扣在桌上起身要走，東日卻一把抓住她的手，低眼怒目的說：「她為了逃避我，應該是不會回來了，但她好像私下約了耀南，要他等一下去旅館找她。」

星怡不敢置信的眉頭鎖得深緊：「耀南不會去的……」她剛剛才明白的向耀南表明她對他沒安全感的原因，所以……他應該……不會再丟下她。

「真的嗎？妳真的那麼有自信？他平常會為了妳避開這種迷人的誘惑嗎？」

東日果然一針刺中她的痛處，耀南平常就是那種不論誰約他，他都會拋下她去赴約的人，更何況是他有好感的晨曦。

32 碎片拼圖（一）

「然後直到我喝掛，晨曦都還沒有回來，但我男友也一直沒出門，因為我醒來時他就在我身邊。」

「妳是不是遺落了什麼沒說？」他盯著她的病歷。

星怡質疑：「哪……哪有？」

他儼然道：「瑪莎夫人在妳的病歷上寫道：星怡至今都還無法承認，多年前那場車禍中，失控使用暴力的人是她，不是她前男友，所以才會到現在遲遲無法再向他人說出心裡的想法，而演變成溝通障礙。」

星怡腦子頓時嗡嗡作響，彷彿又回到那場可怕的車禍中，一陣昏天暗地……

星怡對著開車的前男友廝聲叫囂：「為什麼老是背著我偷偷跟曉婷見面？

你明明就知道她是我的好朋友，還要和她一起背叛我？」

她順手拿起腳邊剛買的陶瓷花盆就往他頭上砸去，前男友瞬間眼冒金星失控撞向高速公路護欄，車子滑行一段路後翻覆。

「醒來，星怡……從自責中醒來……」

柯震的聲音把星怡拉回神，她看向柯震，他緊接著說：「根據我的推斷，東日利用妳有暴力的前科，故意約妳喝酒，不但把妳灌醉，還不斷用晨曦喜歡耀南的話刺激妳，目的是讓妳失控殺了瑪莎夫人，對吧？」

「你胡說——我……我沒有殺瑪莎夫人……昨晚瑪莎夫人還利用遠端操控叫醒酒後失控的我……」

星怡因說溜嘴連忙噤聲，柯震瞇起眼，他果然猜對了昨晚在這發生的事。

「東日也不知道我有暴力的前科，怎麼可能借此利用我？」

她恍然，是蜜雲跟東日說的嗎？蜜雲曾經獨自闖進瑪莎夫人的塔樓，也許是那時偷看了她的病歷，而他們兩人近日幾乎是無話不談。

「瑪莎夫人是打開監視畫面叫醒失控的妳嗎？所以……妳真的差點失控殺

了人？」

星怡目光空洞看著前方，一陣恐怖油然而生，昨晚她被瑪莎喚醒時，手中拿著房裡擺設的石雕，對準正在床上熟睡的耀南……的頭。

東日……昨晚他真的想利用她殺耀南嗎？她死死的打了一個冷顫。

「我……我只是失控發了……點酒瘋……可沒說我要殺人。」

看她守口如瓶，柯震只能暫時結束這場偵訊，他最後拿出一包藥問她：

「這是我們在吧台下找到的鎮定劑，是妳的嗎？」

「那是東日的，他跟我說他睡不著，所以向我要的。」

33

碎片拼圖(二)

「鎮定劑！」東日訝異的看著柯震手中的那包藥：「那的確是我向星怡要的鎮定劑，但……它為什麼會掉在吧台的櫃子下？」

他驀地想起，昨晚星怡被他灌醉與激怒後真的發起酒瘋，他緊張的跟著她走進房間，但他的計謀卻被瑪莎夫人給打斷，他也驟然清醒。他魂不守舍的走回吧台想繼續喝悶酒，瑪莎夫人不知打哪兒冒出？不但撥掉他手中的那杯酒，還把整瓶紅酒給倒進了洗水槽裡。

「所以……有人偷了你的鎮定劑？」柯震的詢問將東日拉回神：「你認為是誰偷的？」

「我……我也不知道是誰？」

「讓我來勾起你的回憶好了。」柯震看出他有所隱瞞，只得拋磚引玉說：

「我們鑑識人員在吧台洗手台下的排水管的濾網上，發現劑量不少的鎮定劑粉末和紅酒成份，可見有人在紅酒中摻了不少鎮定劑，但這瓶價格不斐的紅酒最後似乎是被整瓶倒掉了，之後再也沒有人使用過那洗手台。」

東日手腳瞬間發涼！

這警官的意思是，有人趁亂在他的酒裡下鎮定劑？讓人誤以為他因為承受不了失去晨曦的痛苦，所以想自殺嗎？難怪……難怪瑪莎夫人要倒掉那瓶酒，是誰那麼惡毒？

「昨晚在這吧台喝酒的只有你和星怡，是嗎？」

東日嗯了一聲。

「兇手，究竟是要殺你、星怡，還是瑪莎夫人？或者……你就是那個下藥的人？」

「我下藥給自己喝，然後還把證據丟在流理台下讓你們撿？我看起來很傻嗎？」

「下了藥的酒當然不是你自己要喝……」柯震挑高眉：「被刪掉的監視畫

面一旦回復成功，你要自首可就來不及了。」

靈光一現，東日突然想起下藥的人是誰？

昨晚他走回吧台時，看到一個匆忙從客廳走回房間的背影，沒想到他在謀害耀南的同時，也有人因為吃醋想謀害他。

東日一身冷汗，昨晚若是沒有瑪莎夫人特地下樓阻止他喝下那瓶酒，他會不會真的因此含冤暴斃？

柯震突然冷冷的說：「你想的那個兇手，是爍雨嗎？」

＊＊＊

柯震對爍雨說：「昨晚你幹的好事，有目擊證人，你知道嗎？我還有……」

爍雨盛怒拍桌子打斷了他的話：「不可能——」他連忙閉嘴。

「不可能什麼？」

爍雨一怔，他太過激動暴露馬腳了嗎？但隨即他想起，在瑪莎夫人把紅酒倒進水槽他憤而轉身離開客廳時，看到明道就站在客廳的長廊上。

難不成，除了瑪莎夫人，明道真的有看到他下鎮定劑在紅酒的那一幕？

柯震傾向他的臉：「你的意思是……瑪莎夫人已經被你滅口了嗎？所以不可能有目擊證人，是嗎？」

他嘶吼：「瑪莎夫人的死與我無關，她是病死的。」

「屍體解剖後，她體內要是有鎮定劑的成份……」柯震將吧台下撿到的藥包，放到他面前：「那就和你有關。你為何要對東日下藥？」

「那是東日的鎮定劑，他自己要和紅酒一起喝下肚，與我有什麼關係？」

「我又沒說藥被下在哪，你怎麼會知道下在紅酒？」

他嘎然無語，猛吞著口水。

「況且這鎮定劑分明是私人物品，你怎麼知道這是東日的？因為是你自他房間偷的？」

「你別亂栽贓……我有聽到他在跟星怡要鎮定劑……」爍雨囁嚅的說。

看他還不承認，柯震故作威嚇的大聲怒道：「都已經有人指稱藥就是你下的，你還想狡辯嗎？」

爍雨慌張激動的站了起來：「是明道說的嗎？他連瑪莎夫人的死都要賴到我頭上嗎？瑪莎夫人是他殺的，月涵站在塔樓的女兒牆上想自殺時，我和瑪莎夫人那個視角都有看到明道當時不是想拉她下來，而是拉住她後又故意放手，想害她掉下去。」

爍雨懊悔不已的坐下，抱頭嗚咽道：「我沒有殺任何人，我沒有……瑪莎夫人的死與我無關……」

是明道說的？

柯震抹抹鬍渣，看來真正目擊爍雨下藥的人，是明道。

＊＊＊

柯震在明道面前翻了翻他的病歷，嚴肅的說：「瑪莎夫人在你的病歷上寫，你對月涵的照顧無微不至，她大學還未畢業你們就在一起，而且你還一肩扛起她的經濟，對於月涵嚴重的憂鬱症，你也相當包容與體諒……」他瞟了一眼明道：「所以，你認為瑪莎夫人，為何會邀請你來參加這次諮詢之旅？」

「因為她想治好月涵的憂鬱症。」

「真的只是為了想治療月涵而已嗎？」

明道的瞳孔驀地放大又縮回，好似在掩蓋被猜中心思的慌張。

「沈先生，你是個銀行員，在那樣錙銖必計、事事無不與金錢利益掛勾的職場工作，你的性格，不可能完全不受那樣的環境影響，對吧？」

「警察先生，你究竟想要說什麼？」

「我想說的是，你對月涵無願無悔的投資，卻沒有得到相對應的回報，再加上，月涵來瑪莎山莊後，瑪莎夫人就一直鼓勵她暫停小說創作，月涵最後似乎也理清是寫小說的壓力把她壓垮的，所以下定決心暫時停筆，那更加大了你對這項投資的失望……不，應該說是絕望。」

明道嘲諷一笑：「警察先生，現在你變成心理醫生了嗎？」

「這不是我診斷的，是瑪莎夫人寫在病歷上的隱憂。她說你之所以照顧月涵，就是看重她的文采，但你卻越來越覺得，她只是個扶不起的阿斗。瑪莎夫人擔心，你會失控『再』把月涵逼到臨界點。」

場面倏地急凍。

「那個『再』字，是否意謂你之前傷害過月涵？」

「我沒有傷害過她……只是……」他欲言又止，愧疚溢滿整張臉。

「只是什麼？」

「我曾建議過想放棄寫作的她……」

「建議她什麼？」

「要是她再不寫出東西來，我們就……一起離開這叫人絕望的世界。」

「嗯～所以你昨天才會在塔樓想將月涵推下樓？」

「我沒有……」明道猛烈搖頭否認：「你有證據嗎？」

「你一定沒想到，除了瑪莎夫人看到之外，還有另一個人也看到了。」

「誰？那個人在亂說……」他想起了一個箭步向前拉住月涵的爍雨，他一定是看到了他放手的剎那。

「想起是誰說的了是嗎？你是不是以為，瑪莎夫人死了，就再也不會有人知道這件事了？所以你就把瑪莎夫人殺了，對吧？」

「是爍雨說的吧？他只是想把殺死瑪莎夫人的罪嫌嫁禍到我身上，因為我和瑪莎夫人都看到他在東日的紅酒裡下藥。」

「所以，你也看到爍雨殺了瑪莎夫人？」

「沒有……當……當然沒有……」他若有所思：「我也是天亮和東日上樓後，才知道她死了。」

＊＊＊

柯震問晨曦：「妳昨晚為何要離開瑪莎山莊？」

「因為我男友在瑪莎夫人的影片中，說他不會輕言放棄和我的這段感情，他的意思是，即使得不到我也不會讓我好過，當時……我就隱約覺得會發生什麼事情，所以才乾脆離開山莊，沒想到，還是出事了。」

「他之前也曾那樣威脅過妳嗎？」

「沒有，他其實非常寵我，但每次吵架，他都會拿我養的狗出氣，控制欲也越來越強，讓我對他感到越來越害怕，才會參加這次的諮詢，我不知道該不該離開他？」

「妳覺得他有可能殺了瑪莎夫人嗎？因為他認為，這趟諮詢反而加深了妳想離開他的想法？」

「我不懂，瑪莎夫人不是心臟衰竭窒息死的嗎？」

「那只是初步判斷，正確死因還得等法醫解剖才會知道。但看她嘴唇發紫，也有可能是中毒身亡。」

「中毒？但東日對毒藥一無所知啊。」

這時，柯震眼角餘光，驀地停在客廳牆角一支氧氣鋼瓶上。他向它走去，發現開關閥是打開的，但浮球卻一動也沒動，一罐登山用氧氣瓶滾落在鋼瓶後面。

34 最後一天

經過一整天的盤查與偵訊後，第五天一大早，柯震就把所有人招集到客廳聽取偵訊後的結果。

「我來還原前天晚上發生的事。事情從月涵差點跳樓自殺說起，瑪莎夫人要驚魂未定的每個人，到她塔樓的房裡做諮詢以確定每個人的狀況，諮詢完畢後，除了一開始就離開山莊的晨曦外，所有人都下了樓。」

柯震目光快速的掃了所有人的表情，再繼續說：「這時，東日拉住星怡一起在吧台喝酒，但他醉翁之意不在酒，而是想借刀殺了耀南，但他沒想到，螳螂捕蟬黃雀在後，爍雨也趁亂想暗算東日，可惜人算不如天算，怎麼也沒算到隔牆有眼，明道正虎視眈眈盯著爍雨在東日酒裡下藥，只是明道，也有把柄在爍雨的手上。」

場面凝得僵硬，沒有人敢正眼看柯震。

「你們做的每件事，卻全看在瑪莎夫人的眼裡，為了阻止憾事發生，她不惜冒著生命危險，拿著攜帶型的氧氣瓶到一樓。可是瑪莎夫人錯估了你們之間的愛恨糾葛，那種氧氣瓶是登山專用的，氧氣容量只有兩分鐘，她的血氧量快速降低。

「瑪莎夫人在喘不過氣狀態之下，走向客廳角落的那瓶氧氣鋼瓶想自救，但她的氣力，只足夠她打開那罐鋼瓶的閘閥就倒在地上。這說明了，為何這鋼瓶上只有瑪莎夫人和管家的指紋，並沒有你們的；還有控制閥是打開的，但壓力流量錶上的球體卻落在下方，氧氣已經漏光。

「蜜雲、月涵和晨曦也許並未參與其中，但其他人，全為一己之私，對瑪莎夫人倒地後的求救，冷眼旁觀，你們沒有人向前幫助她吸氧，因為她知道的太多了，對吧？」

大家都低頭不語，靜得連一根針掉落都聽得到。

「瑪莎夫人死後被你們一起搬上塔樓的床上，卻不是有氧氣鋼瓶的貴妃椅上，你們一定沒想到，這不符長年臥病靠氧氣瓶過活的人會發生的疏失。」

明道冷冷一笑：「警察大人，警方辦案可不能只憑推理，可得有憑有據才行吧？」

晨曦對明道吃素的個性突然一百八十度的大轉變感到很意外。

柯震感慨的說：「我的確沒有證據，如果沒有監視畫面，就無從證明你們真的在瑪莎夫人求救時冷眼旁觀，但我們一定會找到被偷走的監視器主機。」

大家才恍然，原來監視器主機被偷走了！

「監視器主機在我這裡……」

大家看向聲音出處，老管家驀地出現在玄關，他緩緩走向客廳，站到柯震的面前。

柯震責備的瞪著老管家：「你拿走主機有何企圖？」

「因為今天，是所有來賓們要為這段旅程做出選擇的重要一天，我得替瑪莎夫人完成這項任務。」

柯震瞇起眼：「最早發現瑪莎夫人屍體的人……該不會是你吧？」

老管家黯然點頭。

「但你卻沒在第一時間內報警？」

老管家卻回答：「我已復原了被刪除的影片，也許你有興趣看看。」

柯震不爽的嗤笑一聲。

管家不假思索的即打開電視牆，操控他的手機播放復原的影片。

大家心一緊！

東日喝著酒，看著被他惹怒的星怡怒氣沖沖的衝回她的房間，他也顯得很焦躁，低頭滑開瑪莎夫人傳來的訊息：你真的想害星怡那麼做嗎？

東日放下酒杯，快步跑進星怡和耀南的房間，對失控的星怡大叫：「星怡住手——他們要私奔是我騙妳的！」

星怡如自夢中被叫醒，茫然看向東日，耀南愕然瞪著她手中的石雕品，她驚恐萬分，耀南慢慢的壓下她高舉的手奪走兇器。

瑪莎夫人迫切的步出一樓電梯時，就看到猶豫不決的爍雨，正在把整瓶酒給倒進水槽，轉身就看到瑪莎夫人，驚訝的連藥包掉在地上都不自知，連忙往自己房間方向走去，在走廊上看到正走回房的明道。

東日無地自容的走回吧台，看到瑪莎夫人不但把他酒杯裡的酒倒進水槽，連酒瓶也都空了！他只能默默的走回自己的房間。

客廳頓時空無一人。

瑪莎夫人頓時痛苦的撫著心臟、臉色發青，她蹣跚的走到氧氣鋼瓶放置的角落，抖著手打開它，但氧氣瓶上的水瓶裝置裡是乾的，忘了裝水。

她摀著心臟的表情越發痛苦，已無任何扭開氧氣瓶的力氣，跌跌撞撞走向電梯坐回塔樓，房門一開，她沒急著走到貴妃椅吸氧氣瓶，卻坐到床頭吃力的使用著電腦，最後還對所有人傳了訊息：今晚的錄影我已全部刪除，但請各位銘記發生過的事。

她慢慢的倒臥在床上，心臟衰竭而亡。

看完影片後，大家為昨晚差點犯下的罪行、和瑪莎夫人用盡最後一絲生命，阻止可能發生的悲劇而不勝唏噓！

老管家含淚道：「因為夫人第一時間沒有自救，所以即使我趕來救她，也已經來不及了。」

前因後果都拼湊完整後，柯震緊抿著嘴，黯黯的離開客廳，下令收隊。

「瑪莎夫人不幸離世造成大家的驚擾深感抱歉。」老管家向大家深深鞠躬，使得大家更加無地自容的愧疚。

「接下來，就由我替瑪莎夫人幫各位結束此次的旅程……今天約會的對象，是各位的伴侶，請大家於下午四點出發。但在約會前，大家得先決定，往後的旅程，是否還要繼續牽著對方的手同行？放棄的人，可選擇不出席約會地點，將有專車送您去搭大眾交通工具，感謝各位參與。」

＊＊＊

月涵回房後，驀地轉身握住明道的手：「我知道你不是故意放手的……」

明道黯淡的目光驟然發亮，發著顫說：「但我還是為當時沒有盡力抓住妳感到害怕，若不是爍雨及時抓住了妳……我甚至希望警察把我當殺人犯抓走。」

他失手時那驚恐懊悔的眼神，遲遲無法自她腦海中移開，甚至於取代了爍雨。

「是我的錯，我當時不該控制不了衝動做傻事。但是……自從你把我有憂鬱症的事大聲說出口後，再加上鬼門關那樣走了一回，我真的有種全然放開的感覺。我決定以後不再把自己逼得那麼緊，也不想再在乎他人怎麼看我。」

「我也打算尊重妳不再催促妳，妳就跟著妳自己的步調，完成妳的作品吧。」明道反握住她的手。

她現在終於明白明道給她的是什麼？是家人，那是沒有任何人能取代的了。

＊＊＊

爍雨和蜜雲對看著彼此卻不發一語，他們害怕，再多的語言，是不是又會再次招致更多的爭吵？

「你真的在東日的酒裡下藥？」蜜雲打破沉默，問的時候，心雖是暖的，但還是為他的妒意捏了把冷汗。

「還不都是因為妳……」想起瑪莎夫人給他的忠告，他立馬止住責備的口吻：「因為看到妳和他一起出去，我嫉妒到完全喪失了理智，我是真的……不想失去妳。」

蜜雲嫣然一笑，為他剛剛突然改變語氣用詞還顯得笨拙，心真的暖到了底，還好他有懸崖勒馬倒掉酒，不然後果真不堪設想。她伸手覆在他的大手上，他訝然抬頭望著她。

「我也不想失去你……」

＊＊＊

星怡不敢直視耀南的眼睛說：「你剛剛也看到影片了，只要我把心裏的話忍到了極限，就會做出那樣恐怖的事……我們……還是到此為止吧。」

「妳未成年前發生的那件意外……一開始我就知道了。」

星怡訝然：「你怎麼知道的？」

「我們剛在一起時不是搬過一次家，那時我看過妳法院的起訴書。」

「那你還……」她身子僵了起來。

「這三年來，妳從來就沒有對我做出過什麼危險性的事，昨晚，也是東日刻意灌醉妳後又煽動妳的，換作任何人，都有可能因為酒後情緒失控做出傻事，不是只有妳會那樣。」

「你……不怕？」

「會怕，從一開始知道就跑了不是？而且我從來就沒想過要和妳分手，即使是現在也沒變。只是我發現，這趟旅程，妳真的比較能把心裡的話，自然而然的流露出來了，那真是不負瑪莎夫人的期望。」

「即使我是真的很不喜歡你去參加你姐的生日宴？我……還希望你以後能留下來只為我慶生，你仍不想分手？」

「厚！那種小事早說不就好了！不然輪流，一年輪一次如何？」

＊＊＊

「東日，我以下要說的話可能會讓你非常的傷心，但經過這些事後，我還是覺得，如果再不把事情說開，只會讓我們兩個繼續折磨彼此。」

東日低頭不語，他幾乎已經猜到她想要說什麼。

「蜜雲說，我是不是不知道自己太愛你，才會一直想吸引男人的注意，其實並不是……」

「我知道，妳純粹就是一顆心靜不下來，因為妳一直認為我配不上妳，妳覺得自己值得更好的男人。」

「我並不覺得你配不上我，我只是覺得我們不適合。我刻意在你面前表現得對男人很飢渴，是希望你會因此討厭我而離開我，那樣我會比較沒有愧疚。但是你沒有，卻一直縱容著我傷害你……」

「我的心早已被妳割得支離破碎，妳不捨了嗎？」

晨曦拭去落下的淚：「我是不捨，也為你心痛，但那是友情的痛，不是愛情……」她望進他幽黑的眼睛：「我不愛你東日，我知道，你一直都知道只是不想承認，我們何必再這麼下去？」

「我知道妳從沒愛過我，我也知道妳來這裡是想用理性的方法擺脫我……」他驀地站了起來，晨曦訝異的抬頭盯著他，他看起來好平靜。

「瑪莎夫人生前說：愛一個人並不一定就要擁有對方，即使只是朋友，也能繼續愛她，放手其實沒有想像中的那麼困難。我們……」哀傷自他眸中一閃而逝：「就在這裡分手吧。」瑪莎夫人的死，似乎是在解放他的執著，讓他看盡這世事有多麼的無常？

晨曦訝然愣住，回神時，他已拖著行李，離開了房間。

她心痛得淚流不止，一則簡訊通知閃爍了起來，她顫抖著手點開：如果愛妳讓妳寧可凍死在寒風中，那不如讓我來代替妳……希望妳能找到讓妳幸福的那個人。

＊＊＊

四對情侶，只有一對沒有為這趟旅程最後的晚餐赴約，其他三對，都沐浴在暖洋洋的燭光中，陶醉在彼此幸福的承諾裡。